ハニー チャイル
HONEY CHIL'

ジョン・シーランド

村瀬葉子・加藤暁子 訳

ブックウェイ

～Contents～

1　ごほうび　…p.1

2　ほら、君にプレゼントだよ！　…p.6

3　口先だけ　…p.13

4　喧嘩　…p.20

5　ハニー・チャイル　…p.26

6　石投げ　…p.36

7　ジョージおじさん　…p.47

8　坑道　…p.58

9　風変わりな婦人　…p.67

10　ロニー　…p.75

11　ヴァニティー　…p.88

12　G夫人　…p.96

Honey Chil'

1 ごほうび

　母さんがうつむいて、流し台の方に身を乗り出している。袖をまくり上げ、何か洗っているのだ。みんなはまだ起きてこない。毛布にしっかりとくるまったままだ。父さんはどこだろう。僕は毛布をはねのけると、ベッドからするりと出た。スニーカーがちょっと湿っていて、足を入れるとひんやりする。母さんの後ろに立ってじっと見つめて待っている僕に母さんは気づいてくれなかった。僕はくるっと向きを変えると、テントの足場からぴょんと地面に飛び降りて、しばらくそこに立ったまま、眠気を覚まそうと目をこすった。

　僕は何も考えずに、池に向かって歩き始めた。時々足音に驚いたカエルが、ぴょんと道の脇に逃げた。臆病なやつ！　こんな早い時間でも、もうあちこちにバッタがたくさんいる。まだちっちゃなのもいれば、中にはクモみたいに長い足の生えた、大きくて青々したのもいる。細い葉の上に乗ったバッタが、触角を上下にゆらゆら揺らしている。まるで挨拶を交わしているみたいだ。何度か捕まえてやろうとしたけれど、その度にブン！と羽音をたてて飛んでいってしまった。

　船着き場まで来ると、僕は忍び足になって、できるだけ音をたてないように、静かに先端の方に近づいていった。一番端まで来ると、しゃがみ込んでゆっくりと下をのぞき込んだ。ブルーギルが２、３匹、水の中でじっとしているのが見える。船着き場の影になったそんなに遠くない所で、水面に波紋を描いている。素早く手を伸ばし

たら、捕まえられるだろうか。

ちょうどその時、背後から呼び声がした。「ジャッキー！　朝ご飯よ！」

僕は急いで船着き場を走って引き返し、レベッカの立っている所まで来た。レベッカが僕の手を取り、僕らは二人で一緒にテントに戻った。

母さんは用意万端ととのえていた。摘みたてのブルーベリーが入った大きくてカラフルな器が、テーブルの真ん中にどんと置かれていた。僕はポリッジを少し取ると、その上にブルーベリーを載せ、ミルクと砂糖をかけた。父さんは大きくて節くれだった手でカップをぐっと握りしめて、時々コーヒーをすすっていた。熱いコーヒーから、湯気が細く立ち昇っている。父さんは爪を切ったり、スーッと歯の隙間から息を吸い込んだり、何気なく森を眺めたり、池のほうを見下ろしたりしていた。しばらくしてから、父さんは僕の大好きな、低くゆったりとした声でこう言った。

「なあ、お前たち！　今朝父さんは、材木を取りに行かなくちゃならないんだ。どうだ？　二人とも一緒に乗っていくか？」

「もちろんだよ、父さん！」と僕は答えた。「二人で行くよ！」

「よしきた！　じゃあ、母さんの皿洗いを手伝ったら、一緒に連れていってやろう。片付けが終わったら、すぐ出発だ！」

僕らは車で田舎道を走った。30分くらいすると、父さんは道路脇に車を止めた。切り出したばかりの材木がたくさん並んだ作業場の奥の方に、小さな小屋が一つ建っていた。父さんがちょっと出かけてくると言うので、僕らは車の周りを少し見て回ることにした。

何分かそうしているうちに、レベッカがいいことを思いついた。「ねえ！　父さんが木を取ってくる間、鬼ごっこして遊ばない？　最初はジャッキーが鬼よ。私を捕まえて体に触ったら、今度は私が鬼になるの。分かった？」

「うん」と僕は答えた。「分かったよ。」
　レベッカはいきなり駆け出すと、地面から２、３メートルの高さに山積みにされた、材木の山の上を走って逃げた。材木はすでに平らに切断されていたので、その上を走るのは楽だった。レベッカが合図すると、僕も駆け出し、捕まえてやろうと必死になって走った。しばらくして、あと数メートルで追いつくという時に、レベッカはスピードを落としてから、ぴょーんとジャンプした。僕も急いでその場所まで走ってきたけれど、材木の間に隙間があるのを見て立ち止まった。
　「ほら！」レベッカが、向こう側から手招きをしながら言った。「怖くないわよ！　簡単だから！」
　僕は２、３歩後ずさりしてから、思いっきり助走をつけてジャンプした。その後はあっと言う間の出来事だったから、詳しいことは覚えていない。ただ記憶にあるのは、僕のジャンプは距離が足りなかったということ。そして、気づいたら地面に横たわっていて、レベッカが僕の顔をのぞき込んでいた、ということだけだ。
　「たいへん、ジャッキー！」レベッカは脅えた声で言った。「怪我してるわ！　動いちゃだめよ。父さんを呼んでくるからね！」
　頭に手をやってみると、手が血だらけになったので、ひどく切れているのが分かった。でも待つしかなかった。そこへ父さんが現われ、僕を抱き上げると急いで車に乗せた。
　父さんは舗装されていないでこぼこ道を思いっきり飛ばしながら、農家でも納屋でも、とにかくどこかで人を見つけて、医者のいる所を教えてもらおうと必死だった。レベッカと僕は、後ろの座席に黙って座っていた。顔や首筋に血がしたたり落ちてくるのが感じられた。僕は怖かった。三人とも不安だった。
　やがて、道路の脇にある一軒の小さな家にたどり着くと、父さんはもう一度僕を抱き上げて、家の中に入った。長い白衣を着た男の

人が現われ、一言二言話し声が聞こえた。
「こういうのは初めてなんですが、急がなくては。さあ！　そこの椅子に座らせてください。」
　部屋の中の様子は、前に一度母さんに連れられて行った、歯医者さんの診察室とそっくりで、頭の上に大きなライトがあり、トレイの上にはいろんな種類の小さな器具が並べられていた。部屋の臭いも同じだった。男の人が近づいてきて、にこにこしながら言った。
「坊や、名前は？」
「ジャッキー」と僕は答えた。
「じゃあ、ジャッキー。いいかい、君は頭をちょっと切ってるから、今からおじさんが治してあげよう。少し時間がかかるかも知れないけれどね。」そう言ってその人は引き出しを開けると、ガムの箱を取り出した。「このガムが見えるかい？　もし治療が済むまで、じっとして泣かずにいたら、これを君にあげよう。どうだい？」
　当時は戦時中だったので、ガムなんてもうどれくらい長い間口にしていなかったことだろう。「分かった。そうする」僕は何だか変な答え方で返事をした。
　その後何がどうなったかは、さっぱり分からない。引っ張ったり、押したり、締め付けたり。途中で一度だけ泣きそうになったけれど、ふと見ると父さんが僕をじっと見つめていた。なぜか分からないけれど、父さんは声には出さなかったのに、僕には何となくこんなふうに言っているように思えた。「がんばれ！　お前ならできるはずだ！　もう少しの辛抱だぞ！　がんばれ！　がんばれよ！」それにもちろん、そのトレイの上に置いてあるチューインガムの箱も、時々ちらっと横目で見ていた。
　ようやくお医者さんは手を止めた。そして背筋を伸ばすと、テーブルの上に器具を戻した。その顔は汗だくだった。白衣にもあちこちに汗の跡があって、左右の袖はところどころ血がにじんでいた。

Honey Chil'

「終わったぞ！　ああ、やれやれ…」父さんの方に向き直りながら、お医者さんの声はだんだん小さくなって消えた。

　それからまた僕と目が合った。僕の目がガムの箱に釘付けになっているのに気がついて、お医者さんはこう言った。「ああ、そうだったね。ごめんよ。忘れるところだった。」そう言って、僕にガムの箱を手渡した。その時、両手で僕の手をぎゅっと握ってくれたような気がした。

　父さんが来て僕を抱き上げ、そっと椅子から下ろしてくれた。父さんは、お医者さんと2、3分ほど言葉を交わしてから、頭を包帯でぐるぐる巻きにされた僕を連れて車に戻った。キャンプ場までの帰り道、父さんがゆっくり車を運転する間、僕はガムの箱をしっかりと握り締めていた。まるで金塊でも手にしているように。

2 ほら、君にプレゼントだよ！

　どんな土地にも、その地ならではの特色というものがあると思う。他に例を見ない、その土地特有の何かが。スクラントンにも同じことが言える。もっとも、これは今から百年ほど前、20世紀初頭の話である。当時この街は、南はウエストバージニア州から北はペンシルバニア州の北東部に及ぶ、アレゲーニー山脈を貫く炭田地帯のど真ん中に位置していた。その上鉄道が走っていたのだ。ニューヨーク、ピッツバーグ、シカゴ、フィラデルフィア、モントリオールといった大都市に囲まれたスクラントンは、活気に満ち溢れ、その全盛期には実に四本もの鉄道が通っていた。しかし、それは古き良き時代の話である。石炭が掘り尽くされ、その後鉄道が廃止になると、街は次第にさびれていった。だが、もちろん全てが衰退の一途を辿った訳ではない。皮肉なことに、そういった変化によってむしろ改善された点もある。住みやすい街に生まれ変わったのだ。小さくて静かな「親しみやすい街」に。

　僕が少年時代を過ごした1940年代、うちは典型的な家庭だったと思う。僕たちは中流階級、いや、中の下くらいだったろうか。当時の経済状勢は町にあまりお金をもたらさなかった。人々は慎ましく暮らしていた。

　父さんは、そんな中でも運のいい方だった。食料雑貨商という、まともな安定した職に就いていたからだ。父さんは大手スーパーのA＆P社の下で、42年間働いた。

　「父さんはな、一日も仕事を休んだことがないんだぞ。」父さん

Honey Chil'

はよくそう言って自慢していた。「病気になった時もだ。」
　実は、厳密に言うと、少し違うのだが。父さんは時々潰瘍に悩まされて、店を早仕舞することがあったのだ。でも、決して店を閉めることはなかったから、確かに父さんは、一日も休まなかったと言える。
　さて、毎年クリスマスの時期になると、父さんと母さんはかなり綿密な計画を立てなければならなかったと思われる。僕たちは七人兄弟だったが、父さんと母さんからのプレゼントの他に、兄弟がそれぞれ一人一人に何らかのプレゼントを渡すという、不文律のようなものがうちにはあった。だから一人一人は多さんプレゼントをうけとることができた。一つではなく、いくつもである。ここで、僕がとりわけ鮮明に覚えている、ある年のクリスマスについてお話しよう。
　クリスマスが三週間後に迫った12月の初め頃、父さんと母さんはそろそろ買い物に出かけようと思い立った。そこである昼下がり、僕たちはバスに乗り込んで、ちょっと街まで出かけた。
　繁華街に着くと、父さんは僕の方を見て言った。「じゃあ、お前は母さんについていきなさい。少し買い物があるそうだから、荷物持ちを手伝ってあげてくれ。」その頃の僕には分からなかったが、後になって、父さんがその時どこに行こうとしていたかが分かった。銀行へお金を引き出しに行ったのだ。
　母さんと一緒に最初に向かった場所を、今も覚えている。地下にあるグローブ・ストアだ。階段を下りていくと、大勢の子供たちが列を作って、サンタと話をする順番を待っていた。もういい加減待ちくたびれた頃に、ようやく僕の番が来た。僕が歩いていくと、サンタはにっこりして、膝の上に僕を乗せた。
　「やあ、よく来たね、坊や。名前は何ていうのかな？」サンタが尋ねた。

「僕、ジャッキーっていうんだ。」僕はそう答えながら、サンタの膝の上に座らせてもらった。みんなの注目の的になったような得意げな気分だった。

「ジャッキーか！　いい名前だね。じゃあ聞くよ、ジャッキー。君はクリスマスに何が欲しい？」

「赤いワゴン車」と僕は答えた。大きくて強くて人のいいサンタのような人なら、こんなプレゼントは朝飯前だろうと思った。

「よし、分かった」とサンタは言った。それから母親たちの方を見ながら、大きな声でこう言った。「ジャッキーは、赤いワゴン車が欲しいんだな？　まあ、考えておくとしよう。ジャッキー、来てくれてありがとう。いいかい、良い子にしてるんだぞ！　サンタは良い子たちが好きだからね。」

僕はすぐに、母さんのそばに戻った。

「サンタさんに言われたこと聞いていた？」母さんは僕に念を押した。「良い子にしてなさいって言われたでしょ。良い子にしてますって、サンタさんに約束した？」

「あっ、忘れちゃった」僕は言った。「僕、サンタさんに言ってくるよ。」

「その必要はないわ」と母さんは言った。「サンタさんは何でもご存知なのよ。あなたが良い子にしていれば、サンタさんにはちゃんと分かるの。」

その時から、僕がどれくらい良い子になったかは想像がつくだろう。僕だけではなかった。兄弟そろって良い子になった。歩道の雪かきをしたり、夕食後の皿洗いをしたり、シャベルでかまどに石炭をくべたり、その灰をかき出したり…　僕たちは何でもした。みんなの心の奥に、いつもこの言葉があったからだ。

「いいこと、サンタさんは何でもご存知なのよ！　あなたが良い子にしていれば、サンタさんにはちゃんと分かるの。」

何はともあれ、時は瞬く間に過ぎた。もっとも、子供にとってはずいぶんじれったかったことだろう。ネティビティ教会での真夜中のミサは、盛大なものだった。聖歌隊員は総出演で、教会には溢れんばかりの人が集まった。11時半を過ぎると、もう中には入れないのだ、絶対に！ それに、僕は一列にきちんと並んで教会に入っていくのが気に入っていた。司祭の補佐役の"侍者"を務める少年たちが大勢で列を成し、その一人一人が、太くて背の高いろうそくを持っていく。「真っ直ぐに持つんですよ」シスター・ヘレンは僕たちによくそう言った。「法衣が蝋だらけになったら困るでしょう。」

僕はいつも、真夜中のミサの説教にはあまり夢中になれなかったが、ファロン神父の説教だけは例外だった。他の司祭の説教は、難しくてよく分からなかったのだ。お察しの通り、その年のクリスマスは、ファロン神父の番だったのだ。あの説教はいつまでも忘れない。

「昔々、一人の若い男が森の中を歩いていました。しばらく歩いていくと、広い野原が目の前にぱっとあらわれ、何と、その野原の向こうに高さが30メートルほどもある壮大な絶壁がそそり立っていました。（ああ‥‥）とその男は思いました。（こだまがよく響くだろうな。一度試してみよう！）そこで男は叫びました。『おまえなんか大嫌いだ！』するとすぐに、思ったとおりこだまが返ってきました。『おまえなんか大嫌いだ！』そのあとも男は歩きつづけました。

あくる日、男はまた同じ道を歩いて帰ることにしました。昨日の絶壁を再び見て、もう一度試してみようと考えました。しかし今度は大きく、はっきりした声で、こう叫んだのです。『私はあなたを愛しています！』」

ファロン神父がこの後何と言われたかは、はっきり覚えていない。実は今思い返してみると、何も言われなかったように思う。ファロ

ン神父はただ、集まった信者たちに軽く一礼しただけで、席に着かれたのだ。教会の中は、ピンが落ちても聞こえるくらい、しーんと静まり返っていた。

　奉献の時間になると、少し歩き回ることができて嬉しかった。僕たちが祭瓶を持っていって司祭に手渡すと、司祭は祭瓶の水とぶどう酒を聖杯（カリス）に注ぎ入れるのだ。これは楽しかった。そして、"聖なるかな、聖なるかな、聖なるかな"も良かった。ベルを鳴らすことができたからだ。でもその後、"神の子羊"まで待つ時間が長かった。僕は、何とか床の上に転げ落ちないようにと必死だった。眠くてしようがなかったのだ。それでも聖体拝領の時間まで我慢すれば、その後は実に素晴らしかった。僕たちはそれぞれ一人の司祭に付いていって、信者たちのあごの下に聖体皿を当てる役をした。時々、司祭は"ホスチア"と呼ばれるパンを信者の口に入れるのに苦労していた。中には、舌をしっかり前に出さない人がいて、何とかしてホスチアを口の中に放り込んでやらねばならないのだ（司祭たちは、こういうことを練習する機会はたくさんあるので、ほとんど失敗することはなかった）。あるいはまた、舌を突き出し過ぎて、司祭の指をなめてしまう人もあった。これには司祭も参っていたのではないかと思う。

　ミサが終わると、僕の頭は家に帰ることだけでいっぱいだった。家とプレゼントのことだけで。母さんはいつも、温かい"ホット・クロス・バン"という十字飾りのついたパンと、"エッグ・ノッグ"と呼ばれる卵に砂糖とミルクを加えた飲み物を用意しておいてくれた。実を言うと、母さんはこのエッグ・ノッグに、ブランデーか何かを少し加えていたらしい。そうでもしなければ、僕たちはツリーの下にあるプレゼントのことが気になって、誰一人眠れなかっただろう。

　ともかく次の朝早く、僕たちはベッドから飛び起きて、ツリーめ

Honey Chil'

がけてダッシュした。果たして僕の期待どおり、ツリーの下に真っ赤なワゴン車が置いてあった。サンタは絶対に約束を守ってくれるのだ。

　その頃の僕はまだ幼すぎて、クリスマスを祝う理由についてあまり深く考えたことがなかった。もちろん、イエスの誕生日を祝っている、ということくらいは知っていた。シスター・ヘレンが、耳にたこができるくらい僕たちに言って聞かせたからだ。それに、祭壇の両側には美しいキリスト降誕の場面が再現してあったし、その上の高い所には、すてきな天使の人形がワイヤーに留めてあり、「いと高き所にホザンナ！」という聖書の一節を書いた看板が掲げられていた。考えてみると、だいたいあの数々のプレゼントがどこから来るものかも、僕はあまりよく分かっていなかったのだ。つまり、どうやって支払っていたのかということだ。父さんは食料雑貨商で、銀行にお金を持っている。それ以外、考えたことがなかった。でも今になって振り返ってみると、もっともっと深い意味があったことに気づく。一つには、僕の両親が特に意図したことではないと思うが、うちの家庭は何となくいつも思いやりの精神に満ちていて、それがやがて僕たち一人一人の心の中に根づいたようだ。つまり、贈り物に込められた家族への思いなのだが、分かってもらえるだろうか。口に出すのはいつも、「メリークリスマス！」とか、「ほら、君にプレゼントだよ！」とかいった言葉だけだったが、そんな短い言葉の中に、いつもたくさんの意味が込められていた。そういう言葉は心に染みるのだ。

　あれから何年か経って、弟のティミーは、ROTC（予備役将校訓練部隊）の隊員として大学を卒業した時、自分が進むべき道は陸軍への入隊であると決意した。僕は今でも、ティミーが旅立つ日の母さんの言葉を覚えている。「クリスマスに家に帰してもらえるか聞いてみるんですよ。」そして案の定、ティミーは運が良かったのか、

入隊して一年にも満たないというのに、クリスマスにはちゃんと家に帰ってこられたのだ。
　最近の軍人の月給がいくらなのかはっきりとは分からないが、昔は今よりもだいぶ少なかったと思う。それでもとにかく、ティミーは家に帰ってくるなり一目散に街に出かけていき、クリスマス・プレゼントを買い始めた。しかも両親にだけではない。家族全員にプレゼントを買ったのだ。それからどうしただろう。あのティミーときたら、クリスマス・イブに徹夜でプレゼントを包んだのだ。うそじゃない。僕がクリスマスの朝早くに目を覚ますと、ティミーはクリスマス・ツリーの近くで、最後のプレゼントを包み終わり、それぞれの名前を書いた小さなシールを貼り付けているところだった。あの時のティミーの顔と言ったら！　本当に一睡もしていないというのに、誰よりも幸せそうな顔をしていた。
　今では家族のみんなも年を重ね、それぞれ別々の道を歩んでいる。それでも、クリスマスには、僕たちは今でも、プレゼントを交換し合う習慣を守っている。小包を送ったり、電話をかけたり、直接手渡したり、と形は様々だけれど。これは本当に素晴らしいことだと思う。僕にとっては、何物に代えることができない宝物だ。

3　口先だけ

　そんなに長くはかからないはずだった。すぐそこの食料雑貨店までお使いに行って、イーストと砂糖と、バターを少し買ってくればよかったのだ。おばあちゃんがパンを焼きたいと言うので、その材料を買いに行かされたのだった。
　夏だったので、7時半でもまだ外は明るかった。どっちにしても、僕はもう暗闇を怖がるような年頃ではなかった。長いしっぽの生えた悪魔が、三つ又を持って出てくるような類いの話は、もう卒業していた。屋根裏部屋の階段を、電灯のスイッチに手が届くまでおそるおそる抜き足差し足で上っていたこととか、電灯がパッとついた瞬間にホッとため息をもらしていたことなんて、今ではもう笑い飛ばせる思い出になっていた。そんなことは、意気地なしのすることだったから。
　雑貨店のウォルシュさんは、品物の重さを量り、三つの小さな包みに分けて包装すると、お勘定をしてからカウンター越しに手渡してくれた。
　「全部で52セントだよ、坊や」ウォルシュさんは、親しみのこもった声でそう言った。
　僕は、手にお金をきっちり用意して持っていた。25セント硬貨2枚と、1セント硬貨2枚。（おばあちゃんは、こういうことに関してはいつもとても細かい人だった。）
　「どうもありがとう」ウォルシュさんは、満面の笑顔でこう言った。「君のおばあちゃんは、頭が冴えてるなぁ。年寄りだからって

馬鹿にできないね。おばあちゃんによろしくな。」

「はい」僕はそう答えると、戸口の方に向かった。

　たった4ブロックの道のりを、再びおばあちゃんの家に向かって歩き出した時、遠くの方からこっちに向かって走ってくる男の姿が見えたような気がした。初めのうちは大して気に留めてはいなかったのだが、男が近づいてくると、なぜこの人は走っているのだろうと気になり出した。やがて僕のそばまで来ると、男はスピードを落とし、そのうち歩き始めた。僕はまだ不可解な気持ちで、男をじっと見つめた。男が通り過ぎる時、僕はその顔をちらっと見た。まだ若い、おそらく25か26歳くらいの、背が高くてハンサムな人で、コートの下にスーツとネクタイという、なかなかきちっとした服装をしていた。その時は、まだ夏だというのにコートを着ていることを、特に変だと思わなかった。今だったら、こんな暖かい季節に長いコートをきているなんておかしいなと思えるんだけど。さっき言ったように、とにかく、男が通り過ぎる時、僕はその顔をじっくり見たとおもったが、その頃もう辺りは暗くなっていたので、思ったほどそんなにはっきりとはみえてなかったのかもしれない。男はすれ違いざまに僕に微笑みかけたが、僕は立ち止まらずにそのまま家に向かって通りを歩き続けた。でも、なんとなく、好奇心からかあるいは何かいやな予感がしたのか、僕は歩みをゆるめて後ろを振り返った。すると、男は交差点の所に立ったまま、僕の方を見ていたのだ。まもなく、男は僕の方に向かって歩き始めた。何か話があるのだと思って、僕はその場に立ち止まったまま待っていた。近くまで来ると、男は何か言いたいことがあるのだと言うように、人差し指を立てて見せた。

　「悪いけどね、坊や」と男は言った。「オマリーの店がどこにあるか教えてくれないかな？　オマリーっていうバーなんだけど、知ってるかな？　この辺りには詳しくないんでね。」

Honey Chil'

「うん、知ってるよ」僕は親切にしてあげようと思ってそう答えた。「すぐそこだよ。アルブライト通りっていう、あそこに見える大通りに向かって歩いていって、ウォルシュさんの雑貨店まで来たら左に曲がるんだ。その通り沿いの右手にあるよ。」

男はまたにっこりすると、少し近寄ってきた。「ねえ坊や、この辺りにはかなり詳しそうだね！」

「うん」と僕は答えた。「おばあちゃんがここに住んでるんだ。」僕は後ろの方向を指差しながら言った。「すぐそこだよ！」

「へえ、そうかい？」男はからかうような口調で言った。「それじゃ、君みたいな小さな子が、どうしてこんな暗い時間に外にいるんだい？」

僕はお使いの目的を分かってもらおうと、雑貨店の買い物袋を持ち上げて見せた。「おばあちゃんに頼まれて、買い物をしてきたんだよ。」

「おやおや、こりゃ驚いた！　まるで『赤ずきんちゃん』の…男の子版みたいだね。」そう言いながら、男は少しずつ僕の方ににじり寄ってきた。あまり接近してきたので、僕は少し後ずさりしたほどだった。そして、男は僕の肩に手を置いた。「ねえ、君名前はなんていうの？　教えてくれるかな？」

本当は名前はおろか、何も教えたくない気分だった。でも答えないと失礼だと思ったし、あまりにもさっときいてきたので、僕は答えた。「ジャックっていうんだ。」

「ジャックか！　へえ、そりゃいい名前だ！　何だか童話を思い出すね。えっと、何て言ったっけ？　ああ、そう、『ジャックと豆の木』だったよな？　そうそう、思い出した。『アーサー王の時代に、人里離れたある田舎の村で、貧しい女の人が小さな家で暮らしていました…』ごめん、その後は思い出せないや。ずっと昔に聞いた話だからね。でもあの豆の話は忘れられないね。それに牛もね。

そう、牛だよ！　牛は忘れちゃいけないな。」
　男は話をしている間、片手 ― 確か左手だった ― で僕の肩をしっかりと掴み、もう一方の手で、僕の胸の辺りをゆっくり撫でた。男は何か言い続けていたが、何を言っていたかはっきり思い出せない。僕はだんだん怖くて不安になってきたのだ。男は確か「元気な坊や、元気な坊や、母さんの牛と取り換えっこ」とか何とか言っていたと思う。しばらくすると、男の手が僕のお腹の辺りまで下りてきて、またゆっくり撫で始めた。もうその頃には、僕は氷の固まりみたいに血の気が引いて、その場から動けなくなり、声を出して助けを求めることさえ思いつかなくなっていた。
　ちょうどその頃、おばあちゃんの家の方から、こちらに向かって歩いてくるもう一つの人影が見えた。その人が近づいてくると、男は僕の体から手を離して姿勢を正し、まるで僕と親しげにおしゃべりをしていたかのように見せかけた。
　さて、なぜその時僕は、男のもとから逃げ出すなり、何か声を出すなりしなかったのか、それは自分でも分からない。確かに、そうすべき理由が十分にあったはずだ。なのに僕は、まるで頭が空っぽの案山子みたいにその場に突っ立っていた。人影が通り過ぎ、しばらくすると、男はまた僕の肩に手を置いた。また同じことが始まると思ったちょうどその時、今通り過ぎたばかりの男の人が、交差点の手前で立ち止まっているのに気がついた。それからその人は振り返り、僕たちが立っている方をじっと見てから、くるっときびすを返すと、こちらの方に勢いよく歩いてきたのだ。僕を捕まえていた男には、それだけで十分だった。男は突然ものすごい勢いでその場を離れると、通りの少し先に、僕たちが立っていた場所に対して垂直に延びた路地に姿を消した。助けにきてくれた男の人は、僕に近づくと腰をかがめ、いろいろと質問をし始めた。
「大丈夫かい？　あいつに何もされなかった？　何があったの？」

僕はあまりにもひどく震えていたので、ほとんど話すこともできなかった。
　「わ…わかりません」僕は口ごもった。「も…もう帰らなくちゃ。あ…りがとう。ごめん…なさい。」
　「待って！」男の人が言った。「うちはどこ？　送ってあげるよ。」
　親切にも、その人はわずか2ブロック先のおばあちゃんの家まで、僕に付き添ってくれた。もう一度僕はお礼を言った。僕が家の中に入るまで、その人は待っていてくれた。
　台所には誰もいなかったので、居間の方にそっと歩いていって、ソファーに座った。まもなくおばあちゃんが現れた。ソファーに一人静かに腰掛け、おそらく幽霊のように青白い顔をしていた僕の姿を見るなり、おばあちゃんもまた質問を始めた。
　「ジャッキー、どうしたの？　大丈夫？　何か怖いことがあったの？」
　僕は何も心配ないと説明しようとした。何事もなかったと。その瞬間、決壊したダムのように涙が溢れ出した。堰を切ったようにむせび泣きながら、僕は一部始終をできるだけ正確におばあちゃんに話して聞かせた。
　おばあちゃんはためらうことなく、2階へと続く階段の下まで急いで歩いていった。「ウィリアム！　ジェームズ！　すぐに来てちょうだい！」
　やがて、僕をおばあちゃんと二人のおじさんが取り囲み、みんな興奮した様子で矢継ぎ早に質問を浴びせかけた。「その男はどんな顔をしてた？　年は何歳くらい？　一人だった？　何を言われたの？」等々。僕は一生懸命質問に答えた。それから僕たちは出発した。僕が先頭で、二人のおじさんは一歩後から付いてきた。
　僕が男に会った場所へ行ってみたが、人影はなかった。その時突

然、僕は男がオマリーの店の話をしていたことを思い出した。
　「オマリーか！」おじさんたちは同時に叫んだ。
　「うん」僕は説明した。「あの店の場所を聞かれたんだ。オマリーの店を探してるって言ってた。」
　おじさんたちはためらっているようだった。が、僕たちはまた歩き出した。今度はオマリーのバーを目指して。
　僕は、通りを挟んでバーのちょうど向かい側に、おじさんたちと立っていた時の光景を、今でも覚えている。おじさんたちは低い声で何やら話し合っていたが、声が低すぎて何を言っているのか聞こえなかった。ところが二人が話していた時、突然バーのドアが開いて、他でもない、つい30分ほど前まで僕を捕まえていた、あの男が現れたのだ。僕は興奮を隠し切れなかった。「あそこだ！」と僕は言った。「あいつだ！　間違いないよ！」
　実際男の耳に僕の声が届いたかどうか、それは全く分からない。でも僕が男の方を指差しながらそう言った瞬間、男は慌ててバーの中に逃げ込み、後ろ手にドアをバタンと閉めた。その時僕は思った、「さあ、ここからが見物だぞと。」おじさんたちは、二人とも体が大きくて強かった。僕は心の中で、ウィリアムおじさんは若い頃プロボクサーだった、と以前話してくれた父さんの言葉を思い出していた。きっと、おじさんたち二人がかりなら、あんなやつは一ころに違いない。「よし！　やっつけてやろう！」僕はそんな言葉を期待していた。でもそういう具合には行かなかった。実際は、何も起こらなかったのだ。おじさんたちはただその場所に立ったまま、どっちつかずのことを言いながら、あごを撫でたり、あちこち指を差したり、ただ長い立ち話をしていただけだった。
　「本当にあの男だった？」と僕に何度も尋ねた。「よく顔を見た？」「間違いなくこの人だって分かる？」
　僕は一生懸命答えた。「うん、うん、あいつだよ。絶対間違いな

いよ！　あの服に見覚えがあるもん。あのコートを着てたんだ。ネクタイもそっくりだった。あの顔だよ。間違いない。あいつだよ。」
　でも無駄だった。2、3分してからそう思った。おじさんたちはバーの中に入るのが怖かったのだ。人に質問するのさえ怖かったのだ。そんなに時間のかかることでもなかっただろうに。せめて、あの男のことを人に尋ねることくらいできただろうに。今店に入ってきたばかりかとか、この辺りに住んでいるのかとか、誰か名前を知っている人がいるかとか。だけど、そうはしなかった。おじさんたちは何の行動も起こさなかったのだ。
　家まで歩いて帰る途中、おじさんたちはぶつぶつ下手な言い訳をしていた。「あいつもこれで懲りただろう。もう二度とこの辺りでは面倒を起こさないよ。安心していいさ！　まあ、今頃は遠くまで逃げてるだろうな！　もうここへは戻ってこないよ！」でも僕は納得がいかなかった。おじさんたちは口先だけだったから。
　家に戻ると、おじさんたちはおばあちゃんに一部始終を説明しようと努めた。おばあちゃんは黙って聞いていたが、時々僕の方をちらっと見た。僕にはおばあちゃんの気持ちが手に取るように分かった。僕と全く同じことを考えていたのだ。おじさんたちは怖かったのだ。僕を捕まえた男が怖かったのだ。騒ぎを起こすのが怖かったのだ。もしかすると、おじさんたちが正しかったかも知れない。でもおばあちゃんはきっとがっかりしたのだと思う。おじさんたちを見る、おばあちゃんの顔つきを見れば分かった。二人がそれ以上行動を起こさなかったことが、期待外れだったのだ。実を言うと、僕も全く同感だった。

4 喧嘩

　今でも覚えている。あれは1948年の夏、長い夏休みに入って数日経った頃だった。何ていい気分だろう！　学校はお休み、一日中遊べるのだ。ビー玉遊びをしたり、自転車に乗ったり、ネイオーグ公園で泳いだり。
　僕らはビリー・オライリーの家の裏庭で、これから数日間キャンプをするために、たった今張ったばかりのテントを惚れ惚れと眺めていた。僕らの計画はと言えば、まずその晩はミミズを採って、次の日の朝早く自転車でバセットの池まで行く、というものだった。池までは、長いことかかるだろう。なんせ、ビリーが変速の自転車を持っていないから。でも僕らは交代で一休みできるように、途中で自転車を交換しながら行くことになっていた。僕の想いはもう疾の昔に、スイレンの浮葉のあたりでバスやブルーギルを釣っていた。そこではギラギラと夏の暑い太陽がぼくを照り付けている。僕はもう待ち切れなかった。
　ビリーの父親と僕の父さんは、庭のフェンスの近くで立ち話をしていた。すると突然、ビリーの父親が裏通りの方を指差して叫んだ。
「おい！　何の騒ぎだ？　おい！　喧嘩だぞ！」
　ビリーと僕は二人の後を追って、裏通りをホイッティア小学校目指して走っていった。1分も経たないうちに、僕らは小学校に着いた。信じがたい光景だった。一人の男と、それより背が高くてずっとがっしりした体格の男が、激しく体を動かしながら殴り合い、砂ぼこりを舞い上がらせていたのだ。僕らが現場に着いた時は、喧嘩

は五分五分といったところで、どちらも同じくらい殴り殴られていた。でもそれもあまり長くは続かなかった。あっと言う間に、背が低い方の男 ─ 名前はバークといった ─ が、一方的に激しく殴られ始めた。マクローリンという大きい方の男が、相手の顔を一発直撃すると、バークは地面に倒れた。するとマクローリンは、今度はバークの髪の毛をつかんで、学校の外壁の所まで引きずっていき、壁の石にバークの頭を思い切りぶつけ出した。一回、二回、三回…（ああ！　いつまで続くんだろう？　バークが死ぬまで続けるのかな？）と僕は心の中で思った。集まった人たちは、誰一人身じろぎもしなかった。

　すると突然、パトカーが赤いライトを点滅させ、サイレンを鳴らしながら裏通りに入ってきた。野次馬たちの輪の外でパトカーが停まり、中から体の大きい警官が二人飛び出してきた。その内の一人が、銃の入ったケースのボタンを外しながら、こう言った。

「よし、そこまで！　そこまで！　もう十分だ！　十分だろ！」

　マクローリンは全く耳を貸さなかった。しばらくバークをその場に静かに横たわらせていたが、警官の言葉を聞いていた訳でも、バークが可哀相になったわけでもなく、ただ自分の呼吸を整えたかっただけだった。そしてバークが必死になってなんとか立ち上がると、またしても顔にパンチを食らわせ、再び地面に倒してしまった。

　警官がケースから銃を取り出した。「これは警告だ」と警官は言った。「やめなさい！　私は本気だぞ！　本気なんだぞ！」

　当の本人たちは、二人とも全く聞いていなかった。本当に滑稽な一幕だった。警官たちがびくびくしているのは、誰の目にも明らかだった。すると、それを見てとって、またマクローリンはバークの髪の毛をつかむと、さっきと同じように壁にその頭を激しくぶつけ出した。

人間の思考回路というものは面白いものだ。この喧嘩を見ているうちに、ふと頭に、この街の南部地区と繁華街とを結ぶ橋の橋げたの上を歩いているマクローリンの姿が、浮かんできた。細い鉄製の橋げたの上に乗り、両腕を真っ直ぐ横に伸ばしてバランスをとりながら、じりじりと進んでいくマクローリンの姿が目に浮かんできたのだ。橋の上からの高さは、10メートルほどあるに違いない。そして川の水面からの高さは、何十メートルあるか想像もつかない。あんなことをするなんて前代未聞だ。でもどうやら誰かに「できるものならやってみろ」とけしかけられて、それを証明するためだけにやったものらしい。あの事件の後、街の南部地区の住民がみんな、と言うより、実際はこの街中の人みんなが、マクローリンを畏れるようになったことは言うまでもない。「聞いたかい？　マクローリンが橋げたの上を歩いて渡ったんだって。あの橋げたの上を！　端から端までだよ！　すごいと思わない？」実は、僕もその崇拝者の一人だったのだ。マクローリンは、本当に根性の固まりのような人だった。そうは言っても、僕はマクローリンが少し怖かった。顔にある小さなあばたが、何となく恐ろしいような気がしたのだ。それに、あの青みがかった灰色の目。誰かを見る度に、「俺に干渉するな！　余計なことをすると、怪我するぜ！」とでも言っているように思えた。よく分からないけれど、ありえないほど、マクローリンには怖いものが一つもないようなんだ。もしあるとしても、それを表には出さないんだろう。とにかく、町のみんなが「マクローリンには怖いものなし」と言ってた。だけど実のところはみんな知らなかった。

　奇跡がどうして起こるかなんて、誰にも分からない。でも、起こったのだ。マクローリンがちょっと一休みしているそのすきに、バークは壁際に落ちている小さい石を見つけることができたのだ。マクローリンがバークをわしづかみにして、また壁に思い切りぶつ

けてやろうとかまえていた時に、バークは手を下の方にサッと伸ばして、マクローリンの向う脛に一撃を食らわせた。マクローリンは「ああ！」という叫び声と共に、向う脛をさすりながら、がくっと膝を曲げて地面に倒れた。今度はバークの番だった。悪魔のような笑みを浮かべて、マクローリンに飛び掛かると、手に持った石でその頭を殴り始めた。何度も何度も、まるで自分が壁にぶつけられた回数分の仕返しをしてやるんだと言わんばかりに。

　すると突然、見守る人たちの応援のしかたが変った。今までバークに寄せていた同情が、今度はマクローリンに向けられたのだ。うな垂れた頭をバークが石で打つたびに、こんな声が聞こえてきた。「わあ！」「おー！」「ああ、可哀相に！」

　マクローリンに救いがあるとしたら、バークがそろそろ力を使い果たしそうになっている、ということだけだと思った。どんなに頑張っても、バークは自分が受けたのと同じだけの苦しみを、相手に与えることはできなかった。

　喧嘩の途中でバークが優勢になった時、オライリーさんはもう我慢できなくなったらしい。いつの間に警官から借りたのか知らないが、なぜかオライリーさんは銃を持っていた。そして発砲したのだ。みんな飛び上がってびっくりし、二人が喧嘩をしている場所にかなり近い地面から砂ぼこりが舞い上がった。

　「やめんか、この馬鹿者が！」とオライリーさんは叫んだ。「やめろ！　そいつを離さんと、撃つぞ！　撃つぞ！」そう言いながら、オライリーさんは木の葉のようにわなわなと震えていた。あまりひどく震えているので、手が滑ってまた発砲してしまうのではないかと、僕は気が気でなかった。でもオライリーさんはすごいと思った。他には誰一人として、行動を起こす勇気のある人はいなかったのだから。

　ともかく、これは効果てきめんだった。バークは石を置いて、マ

クローリンの隣に腰を下ろした。二人とも服が裂けて、頭から血を流し、まだ息が荒かったので、つい先ほどまでひどい喧嘩をしていたということが分かるものの、そのことを除けば、まるで久しぶりに会った兄弟が、腰を下ろして仲良くお互いの旅の土産話でもしているかのように見えた。すると、いかにも自分の方が喧嘩に勝ったのだと言わんばかりに、マクローリンが先に立ち上がった。そしてハンカチを取り出すと、手や顔についた血を拭き始めた。

　見世物は終わった。いや、ほとんど終わったと言うべきだろうか。オライリーさんが銃を警官に返すと、集まった人たちが解散し始めた。その後どうなるか見たくてたまらなかったビリーと僕は、もうしばらくその場所でぶらぶらしていた。逮捕者はなかった。それどころか、「当事者は誰だ？」とか「喧嘩の発端は何か？」という尋問さえなかった。なぜだろう。実は警官は二人とも、人を震え上がらせられる器ではないのだ。本当はひどく弱虫で、立っているのさえやっとなのだ。それがはっきりと分かった頃になって、警官たちはその権力を誇示しようとした。

　「さあ皆さん、もう心配することは何もないようですな！　よろしい。では皆さん、帰りましょう、さあ帰りましょう！　もう喧嘩はおしまいです、おしまいですよ！」そう言いながら、警官たちはパトカーに乗り込んで、走り去ったのだった。

　その後 ― ここが実に驚くべき場面なのだが ― マクローリンは、頭を抱えて壁にもたれかかっているバークの所に行って手を差し出すと、こう言ったのだ。「さあ握手だ、この馬鹿！」そして、バークは言われた通り握手した。断ればまた殴られるかも知れないと思ったのか、それとも友情の印なのか、本当のところは分からない。

　それから二人は互いに肩を組んで、フレイブル家の裏庭を抜けてよろめきながら歩いていった。ビリーと僕は、もう少し観察を続けようということになり、裏通りを走ってオーチャード通りに出ると

Honey Chil'

（さすがにフレイブル家の裏庭を抜けていくのは怖かったのだ）、南ウェブスター通りに沿って歩いていった。居酒屋の前をゆっくりゆっくり歩いていると、カウンターに座って一杯やっている二人の姿が、開いたドアの隙間から見えた。バークは喧嘩ではひどい目に遭ったが、なかなかの健闘ぶりだったと思う。居酒屋でのバークは、マクローリンの話に親しい友人のようにうなずきながら、度々お酒をすすっていた。

　さっきの喧嘩も、発端はビールの飲み過ぎだったのかも知れない。だが事情はよく知らない。結局分からずじまいだった。実を言うと、その後二人がどうなったのか知らないのだ。あれから１、２年の間に二三度くらい、ぶらぶら歩き回っているバークの姿をあちこちで見かけた。なぜだか分からないが、何となくその目つきを見ると、これと言って決まった目的はないような印象を受けた。特に騒ぎを起こすこともなく、時の流れに身を任せているだけで満足しているようだった。その後バークの消息は分からなくなり、二度と彼に会うことはなかった。

　マクローリンはといえば、まあ、彼もまた孤独な一匹狼だった。時々彼自身の家に出入りしている姿を見かけたが、彼のこともあまりよく分からずじまいだった。そして案の定、しばらくするとバークと同じく、姿をくらましてしまった。

　実のところ、僕のあの二人に対する関心は、次第に薄れていった。でも二人がありったけの力を振り絞って闘っていた、あの喧嘩のイメージだけは心に焼き付いていた。あんな光景を目にしたのは初めてだった。あそこまで大きなエネルギーを、どうやって貯め込むことができるのだろう、と考えさせられた。ああいう人たちは、自分たちの気を晴らすためだけに、互いの頭を死ぬほど殴りつけることさえいとわないのだ。あの頃の僕は、そんなことを考えてもみなかった。でも、今は、分かる気がする。

5 ハニー・チャイル

　それでもあの人は怒らなかった‥‥怒らなかったのだ。カウンターの上にお金が散らばった‥‥床に転がって‥‥カウンターの下にも。ああ！　恥ずかしい‥‥僕は恥ずかしかった‥‥そして怖かった。喧嘩になるんだろうか。あの男に殴りかかるだろうか。何か投げつけるだろうか。でも違った‥‥あの人は静かだった。身動き一つせず‥‥何も言わなかった。ただじっとしたまま、気を静めようとしていた。僕はコインを拾っていた‥‥たぶん全部は拾えなかった‥‥カウンターの下に入ってしまったのもあった‥‥そんなことはどうでもいい‥‥とにかくその場を立ち去りたかった‥‥怖かった‥‥まさに怖かったのだ‥‥訳もなく‥‥それでもあの人は怒らなかった‥‥少しも怒りはしなかった‥‥

*

　言い出したのはヘレンおばさんだった。誰でもいいから、しばらく家に来て欲しいというのだ。詳しいことは覚えていないが、確か自分たちには子供がないからとか言っていた。自分とエディおじさんだけだからと。特に条件はない。誰でも良かった。夏の間ずっといてもいいのだ。部屋はいくらでも空いているから。ためになることをたくさん経験できる。アメリカの歴史を知り、有名な場所を全部見学するのだ。ホワイトハウスに、リンカーン記念堂、ジェファーソン記念碑。それにFBIも。あそこの人たちは、何でも教えてくれる。荷物に爆弾を仕掛けた男を、どうやって捕まえたかも。砂漠の上空を飛行中にその荷物が爆発して、機体が粉々に飛び散っ

Honey Chil'

たのだ。保険金目当ての犯行だった。自分の妻に掛けた保険金だ。何ということだろう！　18年間も連れ添ったあげく、金を一人占めしようとするなんて。ところがFBIは、粉々になった機体の破片を全てつなぎ合わせたのだ。爆弾が爆発した場所以外は全て。そうやって彼らは犯人を突き止めた。マーティン・ルーサー・キング牧師のことも教えてくれるだろう。どんな女性たちと遊び回っていたか、というような裏話をたっぷりと。馬鹿にしてはいけない。彼らは、キング牧師の電話番号を知っていたのだから。それは確かだ。キング牧師のことは何でもお見通しだったのだ。そう、彼らは一部始終を観察し、膨大な量の情報を入手していたのだ。きっと忘れ難い思い出になるだろう。ためになるから、行って損はない。母さんも父さんも賛成だった。いい経験になるだろうと言ってくれた。一夏の間家を離れて、首都を見学するのだ。全て手はずが整った。長いバスの旅。大きなかばんにサンドイッチと全麦クラッカーとリンゴを詰めて。服と靴は新品のを揃えてもらった。そのままフィリーまでバスに乗っていけば、運転手さんがどこで乗り換えるか教えてくれる。朝飯前だ。心配することなど何もなかった。

　だが、実際はそんなに簡単には行かなかった。駅で誰も待っていてくれなかったのだ。たくさんのバスや人が行き交う中、僕は途方に暮れてしまった。でもついに迎えが来た。「悪かったね。仕事が長引いてしまってね。おまけに道は混んでるし…」おじさんはそう言うと、僕と握手して、車の方に案内してくれた。僕はかばんを後ろの座席に置くと、助手席に座った。でもくたくたに疲れていたので、目を開けているのがやっとだった。少し緊張気味で、眠り込んでしまってはいけないと思いながら、僕は道々頭をこっくりこっくりやっていた。ところが、おじさんもおばさんもいい人たちで、僕の心配は吹き飛んでしまった。それに、何もかもが真新しくて小奇麗だった。でも自分の行動には、常に気を配らなければならな

かった。ラジオの音を大きくしてはだめ。食卓で新聞を読むのも禁止。玄関のマットで靴を拭うこと。知らない人には声を掛けないこと。最近は、そこらを歩いている人たちも信用できないからだ。最初のうちはたいへんだったが、しばらくすると何とか慣れてきた。ただ注意を怠らなければいいのだ。二人とも優しい人たちであることには変わりなかった。

　この家で働いている男の人には驚いた。肌は真っ黒で、アル・ジョルソンみたいににっこり笑う人だった。見たこともないくらい大きくがっしりした手をしていて、まるで二本の巨大なハンマーみたいだった。

　「やあ、坊ちゃん」僕が朝食の席に着くと、その人は言った。「元気ですかい？　私はアルバートってんですよ。」そう言いながら僕の手をしっかりと握った。温かく、親しみのこもった挨拶だった。「短くアルって呼んでくだせえ。ご主人たちもそう呼びなさるんです。何か欲しいもんがあったら、このアルに言ってくだせえ。すぐにお持ちしますよ。あっと言う間にです。ほんとですよ、ハニー・チャイル。ほんとうですよ。」

　アルはテーブルの上にパンケーキが載った大皿を置くと、二人にはコーヒーを、僕にはミルクを注いで回った。僕は、ヘレンおばさんとエディおじさんがしてくれるいろいろな話に耳を傾けながら、ゆっくりと食事をした。時々僕は、入口の向こうを横目で覗いては、料理人のアルが忙しそうにあれこれ洗ったり磨いたりしているのを眺めていた。アルは体が大きくて、いくぶん太りぎみだった。それでも、動作は素早く機敏だった。

　僕には珍しい体験だった。黒人に会うのは初めてだったのだ。僕らの街では、黒人たちはほとんど自分たちだけで生活していて、街の貧しい地区にあるテックの辺りに住んでいた。実際、黒人と言葉を交わすこと自体初めてだということに気づいた。アルが最初の人

Honey Chil'

　だった。彼は話好きだったから、すぐに親しくなれた。大体いつも雑談で、いろいろなことを少しずつ話してくれるのだが、あまりに個人的な内容なので、僕はいつも知らず知らずのうちに話にのめり込んでしまうのだった。実を言うと、これには少々驚かされた。お互いにほとんど面識がないというのに、アルはアラバマの家族のこと、職探しに出かけることになったいきさつ、家で待つ子供たちに送ってやる小遣いのこと、子供たちをワシントンに呼び寄せて優良校に通わせてやりたいという夢などを、全部僕に話して聞かせるのだ。またそれとは別に、アルの声は今まで聞いたこともないくらい優しくて深い声だった。アルが発する言葉はいつも、どこか体の奥の方で一旦温めておいてから口に出しているような、そんなふうに感じられた。

　ワシントンは、母さんや父さんが言っていた通りだった。何もかもが大きくて印象的だった。建物も、道路も、家並みも。多くの家が、ダンモアの辺りで見られるような2階建てだった。全てが清潔で整然としていて、碁盤の目のようにきちんと並んでいた。人々は親しげだったが、僕の近所の人たちよりも、ずっとせわしく動き回っていた。何か急ぎの用があるか、どこかへ慌てて行かなければならないみたいだった。「時は金なり」だから、有効に使わなくてはいけないのだ。

　アルと僕はすぐに友だちになった。僕はアルと話をするのが、と言うよりも、アルの話を聞くのが好きだった。アルは何か手を動かしながら、同時に話をするのが得意だった。片付けものをしながら、自転車の修理をしながら、洗車をしながら、料理をしながら。

　「ハニー・チャイル」とアルは切り出す。「2、3年前、ポトマック川が氾濫した時の話、聞いたことありますかい？　そりゃもう、すごかったんですぜ！」それからアルは、大雨の話に始まって、橋が流されたこと、屋根の上で立ち往生していた人たちのこと、魚

が道路を泳いでいたことなどを、延々と話してくれた。その語りを聞いていると、まるで映画を見ているかのようだった。ただ映画と違って、全てが真実味を帯びていた。

　ある日、アルは朝食の後で僕を脇に呼び寄せて言った。「ハニー・チャイル、どうです？　魚釣りに行くってのは？　楽しそうじゃねえですか？　あすこの川には、すっごく大きなナマズがいるんですぜ、ほんとに。一緒に行って捕まえるんです。どうです？　やってみたくねえですか？」

　お許しをもらうのは簡単だった。ヘレンおばさんもエディおじさんも、僕がわくわくしているのが分かったからだ。アルが僕から目を離さず、川に落ちたり、疲れ過ぎたりしないように気を付けさえすれば、行ってもいいということだった。疲れ過ぎるって？　どういうことだろう。そこで僕は気が付いた。アルは歩いていくつもりなのだ。車は運転できないし、自転車で行くのはちょっと無理があった。「それに、この大きな街のこと、何でも話して聞かせてあげますぜ。何もかもって訳じゃねえけど、この目でたっくさん見てきましたからねえ、ほんとに。自分が経験したことなら、いろんなことを知ってますぜ。」

　日曜の朝、僕たちはとても早い時間に出発した。日差しが強くなる前に出かけた方がいいと思ったのだ。アルがリールと釣竿、僕がお弁当を持った。通りに沿って１ブロックまた１ブロックと、ほとんど変わらない景色を見ながら歩いていくうちに、僕はこの街がどれほど広いかということに気づき始めた。街の大部分はパンケーキみたいに凹凸がなく、一戸建てや小さなアパートがびっしりと密集していた。玄関先の狭いスペースを、小さな庭にしている家が多く、植物や木々が呼吸のできる空間を求めてもがいているようだった。

　そんな街並みを見ながら、たっぷり２時間は歩いたろうか。突然ルイジアナ通りに出たと思ったら、ワシントン記念塔まで延びる、

Honey Chil'

　長い広々とした緑の散歩道が目の前に現われた。とても感動的だった。それまで舗装された道路やコンクリートの建物ばかり見てきたので、北は国会議事堂から南ははるか向こうを流れる川まで、緑が延々と続いている様子は実に壮観だった。甘美な自由の地！　何もかもが本当に開放的で、広々としていた！　更に1時間くらい歩くと、リンカーン記念堂のすぐ向こうをゆったりと流れる川に到着した。アルは誰にも邪魔されずに釣りができる場所を知っていたので、僕たちは長い竹の釣竿を水面に伸ばして、ようやく落ち着くことができた。魚がかからなくたってどうでもよかった。川岸でのんびり寝そべって、日向ぼっこをしているだけで十分だったのだ。時折、ヨットが静かに川を下っていった。流れが緩やかな楡の大木がつくる近くの木陰には、数羽の鴨が水に漂っていた。そして水際では、カエルの卵が水の泡に混じって、岸辺の小石に打ち寄せられていた。お昼ご飯の後、僕たちはもうしばらく釣りをしたが、結局つきは回ってこなかった。5時くらいになった頃、僕たちは家に帰ることにした。

　楽しい午後を過ごした後、帰り道も穏やかなものになるだろうと思ったが、実際は全く違うものになってしまった。ちょうどリンカーン記念堂の近くの憲法記念通りを横切ろうとしている時、僕たちのそばを1台の車がさっと通り過ぎた。車に乗った数人の若い男たちは全員白人で、窓から身を乗り出すと、手を振りながら大声で叫んだ。「おい、黒ん坊ちゃんよ！　お前のことだよ、黒ん坊！　おい、やっつけるぞ、黒ん坊め！　気をつけな！　やっつけてやるからな！　ははは！」その車は、タイヤを軋ませながら角を急に右に曲がった。

　アルは僕の手を取ると、急ぎ足になった。「さあ、あんな奴らには関わらねえこった。このまま歩き続けて！　振り向いちゃだめですぜ！　大声を出してもだめ！　とにかく歩き続けるんです！」

大声を出すなだって？　僕は心の中で思った。出そうと思ったって、とても出せるものではなかった。僕は必死になってアルの歩調に合わせ、大股で通りを横切った。すぐに曲がり角に来ると、僕たちは憲法記念通りから左に折れ、もう少し狭くて多少人気の少ない通りを歩き始めた。釣竿や釣り道具入れを足手まといと思いながら、急ぎ足で歩いている途中、僕は一瞬後ろを振り返った。案の定、さっき見たのと同じ傷だらけで泥だらけの車が、通りをゆっくり近づいてくるのが見えた。運転手の他に、三人の男たちが中にいた。と言うよりは、車の窓から出たり入ったり、あちこちから僕たちの方を覗いていた。アルは突然僕の手を引っ張ると、ホテルのような建物の入口に引き込んだ。僕たちは身を隠そうとして、建物の隅っこでさっと身をかがめた。これはうまく行った。通りにはたくさんの人が行き交い、その建物に出たり入ったりする人も少しはいたので、僕たちはそんなに人目を引くこともなかった。ともかくあの車の連中には気づかれなかった。何事も起こらなかったので、数分後にアルはまた僕の手を取ると、その通りを横切った。次の曲がり角に来るともう一度、今度は右に曲がった。ところが曲がった途端、またあのポンコツ車が僕たちの方に真っ直ぐ向かってきたのだ。
「急いで！」とアルは言った。「この中へ！」
　そこはドラッグストアだった。店の入口に雑誌売り場があり、そのあたりで近くで、数人の人がぶらぶらしているのを見て、僕はほっとした。僕たちはその人たちの後ろで、反対の方向を向いて立っていた。しばらくすると、アルは僕に付いてくるよう合図した。店の一番奥にレジがあって、店員が一人立っているのが見えた。あまり親切そうには見えなかった。
「すみません、旦那」アルが静かな声で言った。「アスピリンを一包みください！」
　店員は鼻で笑った。「お前、よっぽど頭痛がひどいんだな！

Honey Chil'

『一箱』って言うんだよ。分かるかい？ ひ・と・は・こ！ お前たち黒人は、物覚えが悪くて困るね。」
　アルは一瞬ためらった。「えーと、すみません。そいつですよ。一箱。おっしゃる通り。それですよ。」
　まだにやにやしながら、店員はアスピリンを取りにいった。アルは財布を開けると、お金を取り出した。店員が戻ってくると、アルはお札を1枚手渡した。
　「何？」店員は顔をしかめた。「20ドル札だと！ ここは銀行じゃないんだぞ！ つり銭がちょうどあると思ってんのか？」
　アルは少し口ごもった。「す…すみません。小銭がないもんで。」
　店員は何も言わずにお札をさっと掴むと、レジのキーを乱暴に叩いてお釣りを取り出した。アルが手を出して受け取ろうとした時、店員は突然お釣りをカウンターの上に投げつけた。硬貨がカウンターの上を転がって何枚か床の上に落ちると、にやついた店員の口元がますますほころんだ。アルは初めのうちしばらくじっとしていたので、僕はその大きな握りこぶしで今にも店員に殴りかかるのではないかと思った。でもアルは、何も言わずに立っていただけだった。どれくらい時間が経っただろう。僕には何時間にも思えた。ようやくアルはカウンターに手を伸ばして、お札や硬貨とアスピリンの箱を拾い始めた。僕は床に落ちた硬貨を捜していたが、アルは僕の肩に手を置くと、うなずいて合図した。僕たちは正面のドアに向かい、外に出た。
　表に出ると、アルは少し立ち止まってから、ホワイトハウスに続く道と直角に交わる通りを歩いていくことに決めた。少し暗くなりかけていて、もうすぐ日が暮れる頃だったので、観光客の他にも、仕事を終えて家路につく人たちがいた。ロードアイランド通りまで来ると、僕たちは家のある東の方に向かって歩き出した。この辺り

まで来た頃、僕はもうくたくたになってきた。アルは僕の気持ちを察してくれた。

「ハニー・チャイル」とアルは言った。「タクシーに乗りましょう。」アルは２、３台見送ってから、黒人が運転しているタクシーを呼び止めた。釣竿を何とか後ろの座席に押し込むと、アルはドライバーに行き先を告げた。

しばらくしてから、アルは静かに話し始めた。「今日のことは気にしちゃだめですぜ」とアルは言った。「少しも心配するこたねえんですからね。川で泳いでた鴨を見たでしょう？ すーっと水ん中に潜ったと思ったら、またふわっと水面に顔を出したり。あの鴨は、絶対興奮しねえんです。あの鴨はね。そこの川の水は、鴨の背の上をただ流れていくだけだ。そう、ただ流れていくだけ。そうやって鴨は生きてるんです。泳いだり、食べたり、日光浴したり。ほら、考えてごらんなせえ。ちょっと下向いたすきに鼻から水を吸い込んじまったり、羽の中に水を入れちまったりしたら、どうなると思います？ そりゃもう、あっと言う間に沈んじまいますよ、川底までね。だから、面倒は起こさねえ方がいいんでさ。私の言いたいことは、それですよ。絶対に手出しはしねえこと。そんなことしたって、あいつらには分かりっこねえんだから。そういうもんですよ。あいつらはそれが正しいって教えられてきたんですから。あいつらは知らねえんです。だから責める訳にゃいかねえでしょ？ 気の毒な人たちだ。全く気の毒だ。昔からあんな風だったんだから、ずーっと昔から。」

話を途中で止めるなんてアルらしくなかったが、その後かなり長い間、アルは一言も話をしなかった。その顔をちらっと見上げると、今まで見たこともないような悲しげな表情をしていた。どこか遠くを見ているように、時間や空間の異なる場所で何か別のことを考えているように見えた。僕の知らない何かを。いつかそのうち、アル

Honey Chil'

にそのことを聞いてみよう。もっと静かで落ち着いた時に。とにかく今は、家に向かっているのが嬉しかった。今日は一日、あまりにもいろんな事があり過ぎたから。

6　石投げ

　嫌な日だった。何もかもが惨めで、暑くて、退屈だった。どうして先生は、落第点なんかくれたんだろう。僕は馬鹿じゃないんだから…何もそこまでしなくても。おかげで夏期講習に通わされるなんて！　ひどすぎる！　これじゃ、皆に頭が悪いと思われるじゃないか。アメリカ史さえ不合格とは！　しかも5週間も通うなんて！　5週間、毎朝9時から12時まで…この暑さの中！　よし、うそをついてやる！　どこに行ってたのかって聞かれたら、うそを言ってやるんだ！　講習なんて何になるっていうんだ。
　太陽の光が、じりじりと地面を焦がしていた。焼け付くような日差しの下で、何もかもが弱っているように見えた。蝶は所構わず羽を休めていた。花や柵の上、土に直接止まっているのもいた。トカゲは石の下に逃げ込んだ。バッタさえも動けなくなって、しなった草の葉にしがみついていた。こんな時、ネイオーグ公園はありがたい。少しだけなら泳いでいく時間があった。あとはボブがチェスをしに来てくれれば、全てうまく行くんだけれど。
　そんなことを考えながら路地の曲がり角にさしかかった時、僕はその場に立ちすくんだ。ガレージの扉に人の体が磔(はりつけ)にされていたのだ。十字架のように左右に伸ばした両腕が、ガレージの両側にロープでしっかりと縛りつけられていた。突然、その人の脅えた目を見て、僕は動けなくなった。一目見ただけで、全て察しがついた。ギリガン兄弟がその人に向かって石を投げていたのだ。一人が手に石を持って、今にも投げようとしているところだった。もう一人は

Honey Chil'

かがみ込んで、草の中からわれたビンのかけらを掘り出していた。僕が視界に入ると、二人もそのまま動けなくなった。奇妙な光景だった。誰も動かず、誰も口を利かない。でも、誰もが事情を察していた。その人が何か気に入らないことをしたので、二人はその憂さ晴らしをしているのだ。それもできる限り陰湿なやり方で。その人の額の真ん中にはひどい切り傷があり、血が顔の上を流れてシャツの上に滴っていた。まるで誰かが刷毛を片手に、真っ赤な線を1本、まゆから胸の辺りまで真っ直ぐに描いたみたいだった。僕はとっさに顔を背け、視線を地面に落とし、何も見なかったふりをした。双子の兄弟のすぐ後ろを通り過ぎる時、どちらかがこっちに手を伸ばして僕を捕まえるのではないかと半ば覚悟していたのだが、何もせずに通してくれた。坂を登って路地の端まで来た時、僕はこっそり振り返ってみたが、誰の姿も見えなかった。普段と何一つ変わらない様子だった。

　次の日の朝早く、僕は朝食を済ませた後家を出ると、昨日と同じ道を辿っていった。思った通り、ガレージの扉には小さな傷がいくつも残っていて、ある場所にだけ集中していた。路地の土にも少し蹴散らした跡があり、端の方の土にはえぐったような穴がいくつか空いており、誰かが石を掘り出していたようだった。あれは幻ではなかったのだ。

　学校から帰る途中、同じ場所で路地を曲がった途端、僕は心臓が止まりそうになった。あの双子の兄弟がガレージのすぐ脇の小路から突然現れたのだ。一人が僕の前に立ちはだかった。もう一人は、手に靴箱のような物を持っていた。僕の前にいる方が、付いてこいという合図をした。「お前に見せたいものがあるんだ。」

　僕たちは小路に入っていった。僕の心臓は飛び出しそうだった。
「いいか、昨日のことだが…あれは何でもなかったんだ。ただのゲームさ。分かるだろ？　でも誰にも言うなよ、いいな？　お前は

何も見なかったんだ。分かったか？　それでいいんだ。お前が誰にも言わなけりゃ、面倒なことにはならないんだから。それだけのことさ。いいか？　分かったな？」

　もう一人の方も、多かれ少なかれ同じような言葉を繰り返した。「その通り。お前は何も見なかったんだ。何も聞かなかったんだ。いいな？　いつものように家に帰っただけだったろ？」

　僕は答えなかった。

　「そうじゃないのか？」ともう一人が尋ねた。

　この時も僕は何も言わなかった。答える必要などないように思えたのだ。

　「いいか」最初の方が言った。「俺たちは面倒を起こしたくないんだ。分かるか？　それは全てお前次第なんだ。そうだろ？」

　もう一人がまた口を開き、さっきより低い声で言った。

　「おい！　お前にちょっとしたびっくり箱を持ってきてやったぞ。お前にだけ特別なごほうびだ。これを見ろ！」そう言って箱を開けると、中には猫の死体が入っていた。頭には血がべったり固まっていた。目玉は両方ともくり抜かれ、ナプキンのような物の上に載せて、頭の前に置かれていた。箱を持っている方が、ポケットから飛び出しナイフを取り出しながら、また口を開いた。

　「これが見えるか？」そう言ってボタンを押すと、真っ直ぐ伸びた鋭いナイフの刃が飛び出した。「よーく見ておくんだぞ、坊主。一言でもばらしたら、これでブスッだぞ。両目にな！　そうされたいか？　えっ？　そうされたいのか？　えっ？」そう言って質問する度に、ナイフの刃を僕の顔の近くでさっと動かした。僕は余りに恐ろしくて、息をすることさえできなかった。

　「よし、よし」もう一人が兄弟をなだめるかのように、手を下向きに動かしながら言った。「難しいことじゃないんだ。簡単だろ？　何もかも忘れるだけでいいんだから。分かったか？　それだけでい

いんだ。お前が忘れて、俺たちも忘れる。お前は何も見なかったし、俺たちも何も見なかった。分かったな？」
　僕はうなずいた。石のように立ち尽くしたまま。
＊
　夕食の席で、僕はひどく神経質になっていた。何となく何かが起こりそうな予感がしていたのだ。その時はすぐに来た。
「ジャッキー」とアレックスが言った。「レンのことは聞いた？」
「レン？」と僕は尋ねた。「誰のこと？」
「ハーディングさんとこの近くの、2ブロック先の裏の家に住んでる人さ。覚えてるだろ、ほら、去年工科大学を卒業した。夏の間、ポコノスのどこかで働いてたんだけど、昨夜家に帰ってこなかったんだってさ。そうしたら、今朝マクマハンさんが、自分とこのガレージにいるのを見つけたんだ。木を取りに行ったら、背後でうめき声がしたんだってさ。棚の下で人がうずくまっているのを見つけて、腰を抜かしそうになったらしいよ。顔中血だらけで、まるで車に引かれたみたいだったんだって。大急ぎで病院に担ぎ込んだらしいけど、集中治療室に入ってるそうだよ。」
　僕の心臓が激しく鳴り出した。恐くて何も言う気になれなかった。
「喧嘩でもしたの？」と僕は尋ねた。
「たぶんな」アレックスは言った。「でも喧嘩だとしたら、本気でやったんだな。顔中傷だらけで、額には大怪我をしてたんだ。鼻の骨は折れてたしね。誰かが、肋骨が両方とも砕けてたって言ってたぞ。すごい喧嘩だよな。」
「どうやってガレージの中に入ったんだろう？」と僕は聞いた。
「知るもんか」とアレックスは答えた。「不思議だよな。何もかも実に奇妙なんだ。」
＊
　病院はそれほど遠くなくて、繁華街の端にあった。でも僕は、わ

ざわざ遠回りをして行った。最初にネイオーグ公園の近くを通ってから、迷子犬一時預かり所の方まで行って、ダンモアを抜け、プロヴィデンスの南端を通って、反対方向からようやく病院にたどり着いた。レンはもう一般病棟に移っていて、3階の17号室にいた。ノックをしても返事がなかったので、僕は静かにドアを押し開けて中に入った。病室にはベッドが1つ、窓際にあるだけだった。僕の姿が目に入ると、レンはあの時と同じように不安げな様子でじっと僕を見つめた。落ち着きを取り戻すまでに2、3分かかった。顔は包帯でぐるぐる巻きにされていて、目だけが出ていた。その目は無表情で、まるでたった今生き返ったばかりのミイラのようにじっと動かなかった。レンは腰掛けるようにという合図をしたが、僕は立ったままでいた。

「僕はエヴァンズと言います。リバー通り700番地に住んでいます。」僕はそこで言葉を切って、他に言うことを探した。「レベッカという姉がいます。サウス・カトリック高校の4年生です。もしかしてご存知かも知れませんが。」

無駄だった。レンは口が利けないし、僕はこれ以上何を言えばいいか分からなかった。しばらくして、レンはベッドの脇にある小さな机を指差した。僕は何が欲しいのか分からなかった。で、レンはもう一度指を差した。机の上には何もなかった。引き出しを開けると、中に小さなノートがあるのを見つけた。レンが手を差し出したので、僕はノートを渡した。すると、もう一度机に向かって合図した。僕は鉛筆を取り出した。レンは、ノートにゆっくりと大きな字を書いた。「R HILL」それだけだった。ちょうどその時看護婦が入ってきて、僕に部屋の外で待っていてもらえないかと言った。そこで僕は帰ることにして、病院を出た。

＊

僕は眠れなかった。R HILL…R HILL…あの名前が頭の中でこ

だまして、どうしても消えないのだ。僕は順番にアルファベットを当てはめてみた。ラルフ、ランドルフ、ランディ、レイ･･･どれもピンと来なかった。もしかすると女の子の名前かも知れない。レイチェル、ルース、ローズ･･･ それから２、３時間後、うとうとしている時に突然ひらめいた。リック･･･リック・ヒルだ！　間違いない！　絶対にあの人だ！　二人は同い年だし。あの人に間違いない！

*

　次の日、僕は夕食を済ませてから出発した。目指す家は、真っ直ぐ行けばすぐだった。その家族は、たった２ブロック先のヘムロック通りに住んでいたからだ。でも僕は、また回り道をした。セダーからムーシック通りに出て３ブロック行き、もう１ブロック戻ってヘムロック通りに出た。僕は裏口のドアをノックした。ヒル夫人と思われる中年の女性が出てきた。
　「すみません。リック・ヒルさんはいらっしゃいますか？」僕はいかにも自信ありげに、わざと大きな声で尋ねてみた。
　「ええ。どうぞお入りください。」と夫人は言った。
　僕に台所のテーブルの席に腰掛けるよう促すと、夫人は別室に姿を消した。しばらくすると、リックが現れた。
　「こんにちは！」リックは親しみのこもった声でそう言いながら、握手を求めた。「どんな用事かな？」
　ヒル夫人は台所に戻ると、流し台の所に行って皿洗いを始めた。
　ちらっと夫人の方に目をやりながら、僕は奥の部屋を指差した。
　「よし。じゃあ、あっちに行こう！」リックが手招きしたので、僕は後について居間に入った。二人とも腰を下ろすと、僕は自己紹介を済ませ、テリー・レンを知っているかと率直に尋ねてみた。
　「もちろん」とリックは答えた。「そんなに親しくはないけれど、知ってはいるよ。君の家の近くに住んでるんじゃなかったっけ？

どうしてそんなこと聞くんだい？」

「あの…」僕ははっきりしない答え方をした。リックは事件のことを知っているのだろうか。「ちょっと気になってたんですけれど…友だちでしたか？　つまり、一緒に行動されてましたか？」

「へえ！」リックは笑った。「何だか探偵みたいだね。そうだな…」と少し考えてからこう言った。「友だちだったとは言わないけど、２、３日一緒に働いたことはあるよ。」

「どこですか？　どこで働いたんですか？」

「大学だよ。」

「どんな仕事ですか？」と僕は尋ねた。

リックはまた笑った。「本当に探偵だな。うーん、いろいろだよ。入学試験の監督が中心だったけど、あらゆることをやったよ。事前の準備とか、学生たちの案内とか。まあ、そんなとこかな。僕らは大学院生だったんだ。そういう仕事は全部やったよ。」

ここまで聞いて、僕は立ち上がって帰りたい気分だった。何だかよく分からないことだらけだったのだ。入学試験、監督、大学院…　でも同時に、僕には好奇心もあった。何か鍵が見つかるかも知れない。

「すみません」と僕は言った。「『試験の監督』って何ですか？」

「試験の見張り番をすることだよ。ほら、試験問題を配ったり、みんなが試験を受けてる間待ってるのさ。退屈な仕事だよ、本当に。」

「それで、二人でそれをされたんですか？」

「その通りですよ、ホームズさん」とリックは笑った。「僕らは二人で同じ試験の監督をしたんだ。アメリカ史のね。」その時突然、リックは真剣な表情になった。笑顔はすっかり消えてしまった。

「どうしたんですか？」と僕は尋ねた。「何か問題でも？」

「ごめんよ」とリックは言った。「これは内緒なんだ。極秘事

項っていうようなことでね。」
「どんなことですか？」と僕は聞いた。
「分かった」とリック。「いいよ。知ってる人は他にもたくさんいるんだし。僕たちね、カンニングしてるやつを見つけたんだ。まあ、実際は僕じゃなくて、テリーが見つけたんだけど。机の下でメモを渡してるところを、現行犯でね。」
「渡してるってことは、二人組だったんですか？」
リックは長い間黙り込んでいたが、僕をじっと見てこう言った。
「ねえ、君。どうしてこのことを知りたがるんだい？　君には関係ないことだよ。それに、もう終わったことだ。5月の話だよ。何で今頃になって蒸し返すんだい？」
僕はためらった。「ごめんなさい。別にこそこそ嗅ぎ回ろうとしてる訳じゃないんです。」そう言うと、今度は僕の方が黙り込んでしまった。しばらくしてから、僕はまた口を開いた。「もう1つ質問してもいいですか？　もう1つだけですが？」
リックはくっくっと笑った。「分かった。もう1つだけだよ」
「カンニングをしたのは双子でしたか？」
リックは何も言わずに、ただ僕の方をじっと見ていた。「ねえ」とリックは言った。「君はいったいこの件とどういう関わりがあるんだい？」
僕は何もかも打ち明けることにした。裏通りを歩いていて、石投げの現場を目撃したこと、猫の死体とくり抜かれた目玉のこと、病院にお見舞いに行ったことなど…何もかも。
「おい、おい！」とリックは言った。「その件には巻き込まれちゃいけないよ。テリーは本当に気の毒だけど、あいつらは放っておいた方がいい。卑怯なやつらだからね。」
リックの言っていることはよく分かったけれど、もう後戻りはできなかった。僕はもっと知りたかった。できる限り情報を得たかっ

たのだ。もうこれ以上質問はしないという約束など忘れて、僕はこう尋ねた。「テリーは何をしたんですか？」

「何をしたって？　どういう意味だい？」

「あの二人のカンニングを見つけた時です。」

「すべきことをしたのさ。二人を事務所に連れていったんだ。マニュアルどおりにね。お陰で、二人はそれ以上試験を受けさせてもらえなかった。それでおしまいさ。まあ、どっちにしても大したことじゃない。どうせ生まれてから１日だって、勉強したことのないやつらだ。時々土曜日になると、ごみ捨て場でネズミを撃ってるのを見かけるよ。去年の夏はミヌーカで、子供たちをプールの中に突っ込んで、もう少しで窒息させてしまうところだった。」長い沈黙の後、リックは言った。「僕の忠告を聞いてくれ。忘れるんだ！嗅ぎ回っているのを見つかったら、ひどい目に遭うぞ。今までのことは、きれいさっぱり忘れてしまった方がいいよ。」

リックは立ち上がって、握手を求めた。これで面会は終わった。

家までの帰り道、僕はまた違うルートをとり、２、３歩歩く度に振り返っては、誰も後を付けてこないか確かめた。無事に家にたどり着き、台所に入った時はほっとした。

＊

何年も前、幽霊の恐怖から卒業した僕は、何か決めなければならないことがあると、よく屋根裏部屋に上がって、部屋の中を行ったり来たりしながら、ブツブツひとり言を言って、「ひらめき君」と呼ぶ人物と対話をしたものだ。今夜はその対談の夜になりそうだ。僕は直感的にそう感じていた。８時から始まって、何時に終わるかは分からない。必要なら一晩中いたっていい。

そんな訳で、僕はその晩、屋根裏部屋の端から端まで何度も行ったり来たりしながら、ひとり言を言いつつ、頭の整理をしていた。

「本当にあれは恐ろしかったな！」

「ああ！　全くだね！」
「どうすることもできずに吊されたまま、頭にひどい怪我をして。どうしてあんなことができるんだろう？　どうしたらあそこまで卑劣になれるんだ？」
「そんなこと知るか。知るもんか。うぶなこと言うなよ！」
「でも卑怯だよ。あんなことするなんて卑怯だよ。」
「それは確かにそうだ。」
「でもなぜ？　僕が知りたいのはそれなんだ。なぜ？」
「知るもんか。昔の経験から来ているのかも…誰かに傷つけられたとか…原因はいくらでも考えられるさ。」
「いくらでも？　…うーん…分からないな…僕にはどうしても分からない…全く。」

　屋根裏の1室の片隅に、キルトが1枚、隠すように折り畳んで箱の後ろに置いてあった。僕はそれを広げて敷いてみたが、無駄だった。全然眠れそうになかった。同じ疑問が、頭に繰り返し浮かんでくるのだ。まるで、穴の周りをぐるぐる周っているだけで、絶対に中に落ちない小さなボールのようだった。やがて、山の頂上をとぼとぼ歩く老人のように、少しずつ太陽が昇り始めた。7時頃になって、僕は1階に下りていった。父さんが台所にいて、仕事に出かける支度をしていた。アーリーンが朝食をテーブルに並べていた。僕はまた屋根裏部屋に戻って待った。悲惨な状態だった。体はぶるぶる震え出し、汗がにじみ出てきた。まるで死刑を待つ犯罪者のようだった。僕は腕時計を見てばかりいた。7時40分…8時10分…8時45分。9時ちょうどになった時、僕は1階に下りていった。抑えられないくらいがたがた震えながら、僕は電話帳を開くと、番号を見つけた。ダイヤルを回すのがやっとだった。誰かが電話に出るのを待っている間は、まさに拷問だった。やがて電話の向こうから、はっきりと澄んだ声が聞こえてきた。「はい、スクラントン警察で

す。ご用件は？　」
　「もしもし？　警察ですか？　そうですね？　あの・・・僕、エバンズといいます。ジョン・エバンズです。き・・・聞いていただきたいことがあるんですけど・・・できるだけ早く・・・お話が・・・とても大切なお話があるんです・・・ぜひ聞いていただきたいんですが・・・」

Honey Chil'

7 ジョージおじさん

　ジョージおじさんは不思議な人だった。僕の両親の前では、晴れ渡った空のようにからっと明るい。でも息子のジェイ・ジェイやロバートの前では、まるで雷や稲光のようだった。僕に対しては、一度も辛く当たったり、叱ったり、きついことを言ったりすることはなかった。でも僕はいつも思っていた。それは母さんがおじさんの妹だからではないかと。おじさんはただ、母さんのために感じよく振る舞っているだけなのではないか。確信はなかった。でもどっちにしても、僕はおじさんの前では、ぎこちなく感じていた。

　毎年夏になると、僕たちは家族ぐるみで集まることにしていた。父さんは毎年7月の終りに、僕らの夏休みに合わせて休暇を取った。そして、愛車の38年型「プリマス」を隈なく点検して、部品に異常がないか調べるのだ。点火プラグ、ラジエーター、オイルポンプ…　その間、僕らは母さんの方の準備を手伝って、最後にはいろいろな物を箱に詰めていった。調理器具、毛布、タオル、前の冬に缶詰にしたリンゴ、モモ、トマト、キュウリなど、ジャージー海岸に1週間ほど滞在するための必需品を全て入れるのだ。大変な作業だったけれど、誰もがわくわくしていたから、準備も楽しかった。それから荷物を車に積み込んで（さながら、オクラホマを出発する『怒りの葡萄』のジョード一家のように！）、家族九人ぎゅうぎゅう詰めになって（全く、よく全員乗り込めたものだ）、さあ、出発進行。さよなら、リバー通り、こんにちは、アトランティック・シティ！

最初に立ち寄るのは、ニュージャージー州ヒルサイドにあるシュバート家だった。ルイーズおばさんが、僕たちのためにたっぷり昼食を用意しておいてくれた。その後、みんなは父さんの車とジョージおじさんの車に分かれて乗り込み、海辺に向かって旅を続けた。別荘に到着するとすぐに、大人たちの間で滞在期間をめぐって討論が始まった。ジョージおじさんは、２週間にしようと言い張った。
「ラルフ、グロリア、そうしようよ！　天気は最高だし、こんな素敵な別荘もあるんだ。Ａ＆Ｐが２週間休暇をくれるって言ってたじゃないか！　絶対いるべきだよ！」
　母さんと父さんはすぐに折れた。知らせを聞いて、僕は拍手したい気分だった。そう、僕らは２週間もここにいられるのだ。せっかくここまで来たんだもの、慌てて帰るなんてもったいない。ああ！これから２週間たっぷりと、輝く太陽の下、砂の城を作ったり、海水浴をしたりできるのだ。神様、万歳！
　それから１週間くらいたったある日のこと、父さんとジョージおじさんが沖合いに漁に出かけるに違いないことをかぎつけた。父さんとジョージおじさんの他に、おじさんの友だちが一人。大人の男たちだけで行く旅になるはずだった。でも、僕はその話に夢中になってしまい、何とかして仲間に入れてもらえないだろうかと思い始めた。荷物持ちでも、魚を洗う係でもいい。一緒に行ってどんな感じかちょっと見させてもらえるなら、できることは何でもする。このことを話すと、父さんはしばらく考えてから、母さんと相談した。僕はまだ小さすぎるし、一度も漁に出かけたことがないので、二人ともあまり乗り気ではなかった。足手まといになるだけじゃないだろうか。そんなに長い間（６時間くらい）船に乗っていて、船酔いするんじゃないだろうか。でもそれから、僕は父さんがジョージおじさんと話しているのを聞いた。
「もちろん、連れていってやろうよ！　きっと喜ぶぞ！」

Honey Chil'

　これで決まりだった。僕は連れていってもらえることになった。しかも、ただの「おまけ」ではなくて、みんなと同じように釣りをさせてもらえるのだ。公平にということで、ジョージおじさんの上の息子であるロバートにも声が掛かったが、彼は興味を示さなかった。もう一人の息子のジェイ・ジェイも行かなかった。ジェイ・ジェイは海での釣りはいつもひどい船酔いをしてしまうからだ。という訳で、僕たち四人だけで出かけることになった。

＊

　船に乗って間もなく、ジョージおじさんが船長と話しているのが聞こえてきた。船長は初め、３マイルほど沖合いのある場所を目指していた。ところがジョージおじさんは、もっと先まで行くように船長を説得していたのだ。難破船が沈んでいるある場所に行くと、いつもみんな大漁になると言い張るのだ。正確にその場所まで案内できるからと。船長は最初、ちょっと半信半疑のようだった。でもそこに行けば大漁になると聞くと、釣り人たちみんなを喜ばせたい一心でついに同意した。そこで僕らは、更に20分くらい沖合いに船を進めることになった。ジョージおじさんは目印の浮標(ふひょう)を見つけると、そこが目指す場所だと分かった。おじさんが指示を出したので、船長はエンジンを切った。後はただ、魚の餌にする貝の身を釣り針に付けて、船腹に釣り糸を垂れるだけだった。するとすぐに、ぐいぐいと強い力で引っ張られるのを感じた。そこで、えい！と引き上げると、釣竿の先で１匹の魚が、死にもの狂いでぱたぱた動いていた。時には一度に２匹、３匹ということさえあった。たいていはブラックバスだったが、タラやヨーロッパマダイ、小形のサメやアカエイが掛かることもあった。

　初めのうちは万事順調で、僕は他の人たちと同じように１匹また１匹と魚を引き上げていた。ところがしばらくすると、僕の釣り糸が底の方で何かに引っ掛かってしまった。こういう場合はジョージ

おじさんの助けを借りるのが一番だと思い、僕は大声でおじさんを呼んだ。「ジョージおじさん！　ちょっと手伝ってもらえますか？　釣り針を底に引っ掛けてしまったみたいなんだけど！」
　するとおじさんは、自分の釣り糸を引き上げて釣竿を脇に置くと、僕の所にやってきて釣り糸を外そうとしてくれた。糸が切れてしまうと、新しい釣り針とハリスを取ってきて、何もかも元通りにつないでくれた。そのことはたやすい事だった。ただ悪いことに、それが結構定期的に、15〜20分置きくらいに繰り返し起きたのだ。本当は釣り糸を海底に下ろしたら、難破船に引っ掛からないように、リールを2、3回巻くのがコツだったのだが、僕はそんなことは知らなかった。だから僕はくり返し、おじさんを呼んで助けてもらった。僕の釣り糸が引っ掛かる、ジョージおじさんを呼ぶ、おじさんが来て引っ掛かった釣り針を外すか、新しいのに付け替える。こんなことを6回くらい繰り返した頃だろうか、僕はおじさんの顔がほんのり赤くなってきたのに気づいた。その日は全く日の差さない曇りがちな天気だったし、おじさんは一滴もお酒は飲んでいなかった。だから僕は、なぜおじさんが赤い顔をしているのか分からなかった。

＊

　時が流れた。次に僕らがニュージャージーに行ったのは、それから2年後のことだった。その時のことも忘れられない。
　ロバートはまるでドン・ファンのようにハンサムで、女の子たちにもてた。僕より6歳年上の彼は、いつも女の子か愛車かボクシングに夢中だった。（1951年には、ニュージャージー州ゴールデン・グローブ賞のトロフィーを勝ち取った）つまるところ、彼の関心は、僕たちとは別の所にあったのだ。けれどもジェイ・ジェイは違っていた。僕より1歳年下の彼は、大のいたずら好きだった。何か面白いことをしたり、誰かをちょっとからかったりする度に、いつもみんなの賞賛の的になっていた。僕はそんなジェイ・ジェイが大好き

だった。僕ら二人が集まると、というか、僕の二人の弟とジェイ・ジェイと僕が集まると、いつも大はしゃぎだった。そして時には、思わぬ形で笑いが起こることもあった。

　ジョージおじさんは、ロバートが自分の望むような、教養のある知的なタイプの人間にはなりそうにないと諦めて、全ての望みをジェイ・ジェイに託した。そこで理想に近づくための第一歩として、ジェイ・ジェイはバイオリンを習うことになった。ジェイ・ジェイ本人にその気があるか尋ねたかどうかは知らない。そうすべきだと勝手に決められてしまったのだ。「我が家からシュトラウスを輩出するぞ。」その一言で決まりだった。こうしてレッスンが始まった。毎週2回、ジェイ・ジェイは先生の家に行ってバイオリンのレッスンを受けた。

　さて、僕らがシュバート家に滞在していたある日のこと、偶然ジェイ・ジェイのレッスンの日に重なった。ちょうどその日、ジョージおじさんは大学に行かなければならない用事があった。バイオリンの先生の家が途中にあったので、おじさんはジェイ・ジェイを車に乗せていって先生の家の前で降ろすと、そのまま大学に向かった。ところが、ジェイ・ジェイには別の考えがあったようだ。レッスンの準備ができていないし、みんなが夏休みで家に遊びにきていることを知っていたので、ジェイ・ジェイは先生の家には入らず、その日のレッスンをサボることにしたのだった。家を出てしばらくしてから、ジェイ・ジェイがひょっこり帰ってきたので、僕らはみんな少し驚いた。

　「誰にも言うなよ」とジェイ・ジェイは小声で言った。「父さんには内緒だからな。」そう言ってジェイ・ジェイは、帰り道で買ってきた大きな紙包みを開けた。中身はソーダ水にポテトチップ、プレッツェル、ポップコーンだった。それから僕の兄弟や姉妹たちも一緒になって、買ったばかりのスナック菓子をほおばりながら、み

んなでモノポリーのゲームに興じたのだった。
　どれくらい経ってからだったろう。僕らの小さなパーティーが始まってからほどなく、裏の網戸がバタンと閉まる音がした。裏口から誰かが家に入った時の音だ。もう手遅れだった。逃げる暇もないうちに、ジョージおじさんが居間に入ってきたのだ。床に寝そべった僕らの前にはモノポリーのゲーム盤、その脇に広げた美味しいお菓子の山。パーティーの真っ最中だということは、一目瞭然だった！　ジョージおじさんは一言も口をきかなかったけれど、僕はその時も気づいたのだ。おじさんの顔が、見る見る赤くなっていくのに。きっとあのベスビオ山も、大噴火を起こす直前から、おそらく噴火の直後に至るまでは、これくらい赤かっただろうと思えるほどだった。ジョージおじさんは、ソファーの上に置いてあるバイオリンの所まで歩いていくと、それを取り上げ、あっと言う間に一瞬のためらいもなく、ジェイ・ジェイの頭の上に叩き付けた。バシッ！　バイオリンは粉々に砕け散った。これで誰の目にも明らかなように、パーティーはおしまいだった。それどころか、ジェイ・ジェイもおしまいになるところだった。

＊

　そしてまた、1年、2年、3年の月日が流れた。相変わらず毎年夏になると、僕らはシュバート家を訪れてはいたが、残念なことにもう海岸に一緒に出かけることはなかった。ルイーズおばさんの話だと、ジョージおじさんの仕事が忙しいらしかった。おじさんはシートン・ホールで教師をしていて、夏の間はあちこちの会議に出席したり、何かの論文に取り組んだりしていた。でも僕は、それ以外にも何か訳があるのではないかと感づいていた。おじさんは顔色が悪かったのだ。肌の色が全く健康的ではないし、何となくやつれた顔をしていた。それに、歩き方が以前のようにきびきびとしていなかった。明らかに、何か健康上の問題があるようだった。翌年の

夏のある日、僕の心配は的中していたことが分かった。
「ジャック」ある晩父さんが言った。「ジョージおじさんが病気なんだ。母さんと病院にお見舞いに行くんだが、お前とレベッカにも一緒に来て欲しいんだ。」
　ジョージおじさんの病室は、4階の401号室だった。僕らが部屋に入ると、ルイーズおばさんが出迎えてくれた。ジョージおじさんは、ベッドの上に横たわっていた。僕はその姿を見てショックを受けた。おじさんはとても痩せて、弱々しく見えた。肌の色はなめし皮のような土色で、頭の毛は一本もなく丸坊主になっていた。後で知ったのだが、これはある新しい種類の薬のせいだった。まだ誰も試したことのない薬だが、ジョージおじさんは病気を治せるかも知れないという思いから、投与に承諾したそうだ。おじさんは僕らを見るとすぐににっこり微笑み、僕たちを一人ずつ両腕で優しく抱きしめた。おじさんの笑顔を見ると、何となく安心できるような気がしたが、その深くくぼんだ目と薄く色褪せた唇は、一生懸命見せようとする元気そうな様子と、相反するものがあった。
「ジャッキー、元気かね？」おじさんは尋ねた。「ドライブは楽しかったかい？　ほら、こっちにおいで！」おじさんは僕に、ベッドの自分の脇に座るようにというジェスチャーをした。僕が言われた通りにすると、おじさんは僕の手を取りしっかり握り締めた。まるで僕が逃げ出すのを恐れているかのように。「さあ、君のことを話してくれよ。今何年生だい？　先生の名前は？　学校は好きかい？」
　矢継ぎ早に質問が飛び出して、付いていけないくらいだった。僕がやっと一つ答えられたと思ったら、おじさんはもう別の質問をしていた。
「今でも釣りはするの？　バセットの池はどう？　まだあそこに行く？　池の周りには、今でも別荘が2、3軒しか建ってないのか

い？」
　おじさんは畳み掛けるように一気にしゃべったが、その様子に誠実さを感じ取ることができた。おじさんは、ただ愛想よく見せるために質問している訳ではなかった。本当にそれが知りたくて質問しているのだ。おじさんにとっては重要なことなのだ。僕を重要な存在だと思ってくれているのだ。だから僕は、そのうちにすっかり会話に夢中になってしまった。と言うより、ジョージおじさんに夢中になってしまったのだ。そして僕たちは、まるで同い年の旧友のように、あれこれいろいろなことを、自由に、とても率直に話し始めた。もちろん、僕はおじさんの変化に気づいていた。今目の前に座っている人は、僕が昔知っていたおじさんとは別人だということに。僕は初め、なぜおじさんが変わったのか、なぜそんなによく話すのか、はっきり分からなかった。病院からの帰り道、長い道のりを家に向かう車の中で、僕はようやく、おじさんが白血病にかかっていること、医者にあと半年の命だと宣告されていることを知らされた。おじさんはそのことを知っていたが、認めようとはしなかった。そして闘った。それは、僕が今まで見たこともない闘いだった。おじさんはこぶしを振りかざしたり、大声を上げたりするのではなく、意志の力で闘ったのだ。僕が知る限り誰にも負けないくらい頑固で、意地っ張りで、強情で、確固たる意志の力で。
　そのお陰で病気は長引いた。5ヶ月、6ヶ月、7ヶ月… それでもまだおじさんは頑張っていた。いや、決して諦めようとしなかったのだ。医者の予想はみんな外れだ。司祭の言葉もみんなうそだ。妻や友人の言葉もみんな間違っている。きっと良くなって見せる。また釣りに行くんだ。海岸の遊歩道を歩いたり、コニーアイランドの大観覧車に乗るんだ。おじさんは、何もかも自分で計画を立てていた。その通りになるはずだった。誰にも、決して誰にも邪魔はさせない。

僕らは何度もお見舞いに行った。その翌年の春、おじさんの容態が悪化した時は、更に頻繁にお見舞いに行った。その時のおじさんは、骨と皮ばかりになっていて、鉄のような意志で屈するまいとしていた。その春にお見舞いに行った時のこと、おじさんはまた僕をベッドの自分の脇に座らせると、話をし出した。僕にあるお話を聞かせ始めたのだ。それは、おじさんがとてもよく知っている話のようだった。
　「パエトンの話を聞いたことあるかい？　素晴らしい話だよ。それにとても説得力があるんだ。私が学校で教える時は、いつでもこの話を最初にするんだ。生徒たちはとても気に入るよ。君にも話してあげよう。きっと君も気に入るよ。
　昔あるところに、一人の若者がおりました。非常に野心に燃えた若者でした。その父親は偉大な神、太陽神だったのです。ある日息子が父親のところにやってきて、一つお願いをしてもいいかと言いました。
　『ああ、もちろんだとも』と父親は答えました。『お前はわしの息子だ。何でも欲しいものをやろう。』
　『父上』と息子は言いました。『私はあなたの二輪馬車に乗って、空を駆け巡りたいのです。馬の御し方を覚えて、あの大空を、大空の空気を存分に味わいたいのです。』
　『とんでもない！』と父親は答えました。『他の望みなら何でも叶えてやろう。だが、わしの馬車で空を駆け巡った人間は、誰一人としておらんのだ。神々の中にも誰もおらん。あれができるのは、わし一人なのだ。それにあの馬たちは荒々しくて、御するのが難しい。おまけにいろいろな怪物たちが、お前を痛めつけようと襲ってくるぞ。牡牛に、獅子、蠍、それに蟹もいる。』
　『構いません』と息子は答えました。『やってみたいんです。』
　太陽神には、それ以上どうすることもできませんでした。どんな

望みでも叶えてやると約束してしまった手前、今更取り消す訳には行かなかったのです。そんな訳で、息子は馬車に乗り込み、天に向かって馬を走らせました。しかし父親の心配どおり、馬たちは暴走し始めました。上に行ったと思えば下に、左に行ったと思えば右に。あまりにも激しく動き回ったので、世界中が火事になってしまいました。川の水さえ干上がり始めました。

　さて、このような騒ぎのうわさが、まもなく最高神ゼウスの耳に入りました。そしてこの混乱を鎮めるべく、ゼウスはその若い御者目掛けて雷を投げつけたのです。雷は若者を直撃し、馬車は粉々に砕けました。そして何もかも、若者も、馬車も、馬たちも、全てが海の中へ勢いよく落ちていきました。やがて水の精のナイアスたちが、若者の体を深い海中に葬りました。」

　ジョージおじさんは、そこでしばらく間を置いた。その顔は紅潮していた。「ジャッキー」とおじさんは言った。「何事も恐れてはいけないぞ。たとえ何が起ころうとも、誰に会おうとも、決して尻込みしてはだめだ。人生は素晴らしい。だけどその素晴らしさは、それを享受した者にしか分からないんだ。この話の若者のことを、大勢の学者たちが寄ってたかって、大馬鹿者だと決めつける。命に限りのある人間のくせに、神にしかできないはずのことをやろうとしたんだから、ってね。でも、そんなことを言うやつには耳を貸すな。若者のしたことは素晴らしい！　火のついた馬車もろとも、海の中に真っ逆さまに落ちていったんだ。真っ赤に燃えながらね。その光景を見てみたかったな。きっと手を叩いて、こう叫んだろうな。『万歳！　万歳、パエトン！　よくやった！　よくやった！　君は恐れを知らない人だった。神さえ恐れぬ人だった！』ってね。

　そうだよ、ジャッキー！　そうなんだ！　恐れてはだめだ！　何事も恐れてはいけないんだ！　大人たちはいろんなことを言うだろう。波風を立てるな。これをしてはだめ。あれをしてはだめ。お前

には欠点があるから気を付けろ、それ以上先へは進むな、ってね。いいかい、そんなのは無視するんだ！　そんな忠告には耳を貸すんじゃない。連中は何にも分かっちゃいないんだから。」

　おじさんは疲れたようだった。額から玉のような汗が流れていた。ルイーズおばさんがそばに来て、おじさんの体にそっと優しく腕を回すと、ベッドに横にならせた。おじさんはしばらく、そのままの姿勢で天井をじっと見つめていた。まるで自分の人生を振り返って、その思い出や経験の一つ一つを、今思い起こしているかのようだった。やがておじさんが目を閉じて眠りにつくと、僕たちは静かに病室を後にした。必ずまた見舞いに来ると言い残して。

　でも、そのチャンスは二度と来なかった。2月末のある日、学校から帰った僕は、母さんとレベッカが台所で泣いているのを見つけた。訳を聞く必要はなかった。何が起こったかは察しがついた。最後にお見舞いに行ってから2週間後のことだった。ジョージおじさんも、馬車に乗って天に昇っていったのだ。でもどういう訳か、おじさんの場合は、天から落ちてくる姿を思い描くことはできなかった。僕の頭に浮かんだのは、胸を張って馬車に乗り、手綱をしっかりと握って馬を御し、風さえも操りながら、高く高く太陽を目指して昇っていく、一人の男の姿だった。

8 坑道

　分かったよ。ウィニーも来ればいい。でも泣き言はごめんだよ。少しでもめそめそしたら、すぐ帰ってもらうからね。こうして話はまとまった。メンバーは、サンディ・ケリー、ビリー・オトゥール、ジミー・ハワード、ウィニー・ヤードリー、そして僕。

　何故だかわからないけれども、入り口の左側のところの土が、他のところと違って柔らかかった。そこは簡単に掘れそうに思えた。入り口の真ん前のところは、でんと、地面深くに埋まっている鉄格子で塞がれていた。だからその柔らかそうな左側を掘って入り口があけば、鉄格子をよけてゆけるわけだ。それにしても、こんな風に地面を掘らなくては坑道に入れない、とは思ってもいなかったので、僕たちはシャベルも持ってこなかった。でもさいわい、左横の土が思ったとおりふかふかだったので、枝みたいなものででも掘ってゆけた。そして僕たちは這って中にはいれるぐらいの穴を掘りあげた。

　坑道は、幅は優に2メートル前後あったが、高さはあまりなく、せいぜい1.5メートルくらいだった。坑員たちが歩く時は、かなり腰をかがめなくてはならなかっただろう。長さもかなりあった。少なくともフットボール競技場くらいの長さはあっただろう。そして、道は真っ直ぐで平らだったので、歩きやすかった。でも僕は、ひょっとすると土手の反対側に出るだけのことかも知れないと思い始めていた。ところが突然僕らの目の前に、とても広くて天井の高い、長方形の部屋が現れたのだ。おそらく、何か重要な場所だったのだろう。そこに石炭を集めておいて、天井に明けた縦穴から、エ

レベーターで地上に上げていたのかも知れない。会議室としても使われていた可能性がある。その部屋からまるで車輪の輻（や）のように、8つか9つくらいの何本もの坑道に枝分かれしていた。こんなに複雑な構造だとは思ってもみなかったが、僕らはもっと先を見てみたかった。誰かが、部屋の奥に延びている坑道にしようと言い出した。そこにすれば、何か面白い物が見られる確率が一番高そうだったので、僕らはそこに決めた。

　その坑道は、入口からさっきの部屋に続く道よりもずっと狭く、地面もでこぼこしていた。それに、奥へ進めば進むほど、壁を伝って流れ落ちる水や、天井から滴り落ちる水の量が次第に増えてくるのだ。ちょろちょろと流れる水が集まって水溜まりをつくり、それがやがて細い小川になった。その水は汚い錆のような色を帯び始め、不思議なことに、奥へ行けば行くほど温かくなってきた。初めのうちはほとんど気づかなかったが、僕らはだんだん、その坑道が下り坂になっており、勾配が徐々にきつくなっているのが分かってきた。辺りは気味が悪いほど静まり返っていて、聞こえるのはただ「キュッ、キュッ」という僕らのスニーカーの足音だけで、一歩踏み出す度に壁に響くのだった。言うまでもなく、闇に包まれた僕らには、ほとんど何も見えなかった。その時突然、何かが水中をさっと動く音がして、僕は心臓がドキドキした。

「ジミー！　今のは何だ？　見たかい？　何か水面をかすめていったよな？」

「ああ」とジミーは言った。「何か通り過ぎたな。ただのザリガニかウグイだろ。」

　でも、僕はもう一度見たのだ。そんな物じゃなく、何か黒くて小さな角のような物が生えていた。それとも魚のひれだろうか。正体が分からないのが気になって、何か知っている物に結び付けようとした。ヘビか魚か、ひょっとしてネズミかも知れない。すると今度

は、何かが腐ったようなひどい悪臭がしてきて、耐えられないほどになってきた。僕は、今にも動物の死体か何か、腐った物を踏みつけるのではないかと思った。

　とうとう僕は立ち止まり、懐中電灯の明かりを真っ直ぐ前方に向けてみた。坑道の闇は、その弱々しい光を呑み込んでしまい、同時に僕らにこう問いかけているように思えた。「お前たちは何者だ？　どこから来た？　ここで何をしている？」もっと奥に進むように誘いかける声が、今にも聞こえてきそうだった。「何か変わった物が見たいんだろう？　よし、こっちに来い、こっちに来い！　お前たちが見たこともないような物を見せてやろう。さあ！」言いようのない恐怖心に駆られ、冷や汗が背中を伝うのを感じた。

　ジミーが沈黙を破った。「引き返そうよ！　ここにいると何だかぞっとするんだ！」

　誰一人ためらうことはなかった。さっきの会議室を目指して、僕らはどんどん歩いていった。

　引き返してみて驚いた。どの坑道から入ってきたかが分かるようにと、古いバケツに立て掛けておいた木の板が、真っ二つに割れてしまっていたのだ。ちょっとバケツにもたせ掛けておいただけなのに、それすらもたなかったのだ。その目印は腐った木の板のかけらになって地面に散らばっているだけで何の役にも立たなかった。入ってきた時の坑道が分からなくなって僕らはうろたえた。しかも話し合えば話し合うほど、ついさっき出てきたばかりの坑道がどれだったかさえ分からなくなってきて、僕らはますます混乱してきてしまった。僕は時計を見た。入ってからすでに２時間半も経っている。光が弱くなっている方の懐中電灯は、今ではかすかな黄色い光になっていて、遠くを照らすことはほとんど無理だった。もっと電池を持ってくるべきだったと、僕は自分を責めた。もうしばらく話し合った後で、僕らは決定を下した。さっき出てきたと思う坑道の、

Honey Chil'

　左手にある坑道を試してみようということになったのだ。
　廃坑への入口となるあの主要な坑道と同じように、この坑道もかなり長い間真っ直ぐに延びていたが、途中から左に逸れ始め、突然急な下り坂になってしまった。また水の量が増えてきたので、この坑道は間違いだったことに気づいた。もう一度、僕らは会議室に引き返し始めた。背後で誰かがぶつぶつ言っているのが聞こえたので振り返ると、ビリーとサンディが一番後ろを歩きながら、何か話しているのが分かった。会議室に戻って、僕はちらっと時計を見た。また45分も無駄使いしてしまった。光が弱い方の懐中電灯は、もう点いていないも同然だったし、もう一つの方も長くは持たなさそうだった。もう少し辛抱して話し合いで決めようと、僕らは黙って地面に腰を下ろした。みんな何か言う時はささやくか言葉少なに話して、まるで沈黙で不安を隠そうとしているようだった。話すことは相変わらず同じだった。
　「どの道だろう？　あれかな？　いや、もっと右寄りだ。違う、穴が小さすぎる。向こうの道だ。」
　ずぶ濡れになったスニーカーとズボンをはいたまま、真っ暗闇の中で座っているだけでは、何の役にも立たない。とにかく頭を働かせて、次第に高まる恐怖心を抑えるしかなかった。とは言っても、まるでほうきで風を止めようとするような無理な話だった。緊張感が高まるにつれ、それが形となって現れるようになり、僕はいつしか奇妙なことを空想していた。壁面の影が幽霊に見えたり、地面のほこりに混じって虫がうようよ這い回っているように思えたり、空気中に毒ガスが漂っているように感じたり。
　僕はそこに座っているうちに、お尻の下に何か固い物があるのに気づいた。少し脇に体をずらして、何だろうと思いながら地面を手で触ってみた。何やら丸い物が、土の上に少しだけ突き出ていた。おそらくバケツの側面か、へらか、シャベルの柄の部分だろうと

思った。指で触ってみると、しばらく奇妙なカーブを描き、上から数センチほど急な角度で下に向かって延びていた。好奇心に駆られて、僕は更に先へと指を走らせた。指先が２つ並んだ穴に触れた途端、僕は飛び上がった。まるで、電気が流れる熱い電線で感電したみたいに。それは頭蓋骨だったのだ。しかも動物のではない。それならもっと小さいはずだ。人間の頭蓋骨で、２つの穴は眼窩なのだ！　突然僕は、１年半くらい前に誘拐されたらしい女の人の話を思い出した。死体は発見されなかった。犯人が誰なのかも、犯行の動機も分からず仕舞いだった。ある日魅力的な中年の看護婦が、夜仕事から帰る途中で突然姿を消した、ということしか分からなかったのだ。懐中電灯を当てて、確かめる勇気はなかった。僕らはただでさえ、ひどい心理状態にあったのだから。でも、まるで這い回るうじ虫を触ったみたいに、僕は何度も何度もジーパンに手をこすりつけた。そしてもっと右の方に体をずらして、一人あれこれ考えていた。ウィニーの声がして、僕ははっと我に返った。

「ねえ、聞いて」と彼女は言った。「左側の道じゃなかったわ。その右隣のだと思うの。一つずつ順番に試していって、正しいのを見つければいいわ。試しに私に行かせて。間違っていたら戻ってくるから、また次のを試してみればいいでしょ。」

僕はこのアイデアが気に入らなかった。「それが正しい道じゃなくて、君が迷ってしまったとしたらどうする？　君と一緒に懐中電灯もなくなっちゃうんだよ。」

ジミーも同じ意見だった。「ジャッキーが正しいよ。みんなで一緒にいなくちゃだめだ。君が怪我したらどうする？　そんな危険なことはさせられないよ。」

「何か行動を起こさなきゃ」とビリーが言った。「ここにじっとしていたって、しようがないだろ。そもそも、こんなこと誰が思いついたんだよ？　俺じゃないぜ。」

誰も何も言わなかった。ビリーは続けた。「とにかく何かしなくちゃだめだ。こんな所に座ってたって時間だけ経って、堂々巡りだよ。」
　しばらくの間、再び沈黙が流れた。するとビリーがまた口を開いた。「こんなことを思いついたのは俺じゃない。ジャックがみんなをここに連れてきたんだ。なのにジャックは、帰り方が分からないって言うんだぜ。」
　「黙れ！」ジミーが強い口調で言った。「君がここに来たのは、誰のせいでもないだろ！　君が自分で行きたいって言ったんだ。他人のせいにするのは止めろよ！」
　「うるさい！」ビリーが立ち上がって叫んだ。「お前こそ黙れ！　何様だと思ってるんだ？　懐中電灯をよこせよ！　サンディと二人だけで外に出てやる！」
　ジミーは、僕が持っていた懐中電灯をさっと取った。「懐中電灯が欲しいんだろ？」とジミーは言った。「じゃ、ここに来て取ってみろ！　そんなことしようとする奴は、頭をぶん殴ってやるぞ！」
　「おい、待てよ」とサンディが懇願するように言った。「何も喧嘩がしたい訳じゃないんだよ。ただちょっと借りたいだけなんだ。」
　「ああ、そうかい！　じゃ、ここに来て取ってみろよ、サンディ、さあ、取ってみろ！」
　「やめて！」とウィニーが叫んだ。「やめて！　喧嘩しないで！　喧嘩はやめて！　出口はきっと見つかるわ！　だから喧嘩はやめて！」
　「ちょっと聞いてくれ！」と僕は言った。「坑道は全部で８つあって、そのうちの２つはもう試してみたし、もう１つは入口から入ってきた時の道だ。だから、左手の４つ目の道を行ってみようよ。その隣の２つはもう試してみたから、きっとあの道のはずだ。でも今度はみんな固まっていなくちゃだめだ。みんなで手をつなごう。

懐中電灯の明かりが、もう弱くなっているからね。」

「俺はどこへも行かないぞ」とビリーが言った。「俺はここで待ってる。みんなが助けにきてくれるはずだ。」

「聞いたか、今の！」ジミーが馬鹿にするように言った。「みんなが助けにきてくれるだってさ！ 誰が助けにきてくれるんだよ？ 僕たちがここにいることは、誰も知らないんだぜ、馬鹿だな！ ここにいたいんなら、好きにしろ。みんなが助けにくる頃には、骨になってるよ。」

「もう何もかもうんざりなんだ」ビリーは言い返した。「ジャックがここに連れてきたくせに、今になって帰り方が全く分からないなんてさ。多数決にしようぜ。でもウィニーの意見には反対だね。ウィニーに何が分かるって言うんだ？ 俺はその隣のだと思うね。あの道の方が大きくて、入ってきた時の道に似てるんだ。」

辺りに緊迫した空気が流れた。するとサンディが沈黙を破った。「僕はビリーの意見に賛成だ。あの隣の道だよ」

「僕はジャックに賛成だ」とジミーが言った。「ウィニーはどう思う？」

しばらく何の返事もなかった。やがてウィニーが言った。「分かったわ。ジャックにする。私もジャックに賛成よ。」

「ねえ、みんな」と僕は言った。「バラバラになるのはまずいよ。みんなで一緒にいて助け合わなくちゃ。そうするしか手がないんだ。」

「みんなで一緒にかい？」ビリーが馬鹿にしたように鼻で笑った。「これ以上俺たちに何ができるって言うんだよ？ ここに来てからずっと一緒にいたじゃないか。」

「もう一度言ってみろ、このうぬぼれ野郎、今度こそぶん殴るぞ、お前のその・・・」

僕はジミーの腕に手を置いて言った。「落ち着け、ジミー！ 落

ち着けよ！」

　僕はさっと立ち上がった。「みんな手をつなぐんだ。懐中電灯は時々しか点けないからね。僕らが入ってきた時の足跡が残っているはずだから、それを探そう。もし道が曲がり始めたり、下り坂になり出したら、引き返して別の道を試すんだ」

　懐中電灯の明かりは弱々しいものだったが、一筋のかすかな希望の光を投げかけた。僕はジミーの手をぎゅっと握った。その手は僕の手と同じように汗ばんでいて冷たかったが、僕らはお互いにしっかり手を握り合った。坑道の入口に入ると、僕らはできるだけ明かりに頼ることなく足を進めた。どこかに足跡が残っていないかと思いながら。でも地面がとても固いので、何も見つけることができなかった。それでも道は曲がっていなかったので、次第に確信が持てるようになってきた。そして思ったとおり、数分後には大きくてはっきりとした足跡が見つかった。スニーカーのリング状の足跡が1つ、また1つ、また1つ。

　「おい、俺のガムの包み紙だぜ！」と誰かが叫んだ。続いて、「見ろよ。僕のスニーカーの跡だ！」そしてついに、「あった！ あった！ あそこだ！」

　すぐ前方から針の先くらいの小さな光が暗闇の中に差し込んでいて、まるで夜空の星のように見えた。突然、誰かが僕の横を走り過ぎていった。ビリーだった。続いてサンディも。二人は他の仲間を待とうとはしなかった。僕はそのわがままな行動に腹を立て、二人を追いかけて叩きのめしてやりたい衝動に駆られた。でも僕は思い直した。そんなことをして何の役に立つだろう。行かせてやればいいさ！　いい厄介払いだ！

　自分たちで掘った穴から這い出して、僕らはようやく外に出た。突然明るい所に出て、思わず目を細くした。ビリーもサンディも姿が見えなかった。入口の前で僕らは地面に直に腰を下ろすと、自分

たちの居場所を確かめるように、黙ったまましばらく座っていた。
　そこに座っているうちに、心の中が空っぽになったような奇妙で味気ない感情が、胸の奥から少しずつ体中に広がっていくような気がした。何か強くて鋭い、苦痛を感じるほどの感情だった。まるで誰かがたわしを持ってきて、僕の心の中にあるもの全てを、ひりひりするくらいまでごしごしこすり落したみたいだった。こんな感覚は、今まで経験したことがなかった。あの坑道の中での出来事が、全てを変えてしまったのだ。説明するのは無理だった。しようとも思わなかった。でも、これからは今までとは違う、全く違うのだということは分かった。もう決して後戻りはできないのだ。

Honey Chil'

9 風変わりな婦人

　正直なところ、僕らはあまり深く考えたことはなかったのだが、その婦人はいつもみすぼらしい服を着て、説教壇の真下の最前列に、たった一人で腰掛けていた。雨の日も晴れの日も、毎朝欠かさず8時のミサに現われた。教会の後方の席に、他の大人たちと一緒に座ることは一度もなかった。いつも決まって前の方の、最前列の席にいるのだ。なぜかは分からない。自分の臭いに気づいていたからだろうか。それとも、あの着古してぼろぼろになった黒いコートに、つぎはぎだらけのドレス、おかしな時代遅れの帽子、汚れた靴、というみすぼらしい服装のせいだろうか。そうかも知れない。あるいは、それは数ある「習慣」の一つに過ぎないのかも知れない。彼女の咳払いには癖があった。「グルルー、グルルー！」という、うがいをするようなひどく耳障りな音が教会中に響き渡り、人々を縮み上がらせた。子供たちの中にはくすくす忍び笑ったりするもの、途方に暮れた顔をしてしばらくじっと彼女をみつめたりするものもいた。僕はじっとしたまま、半ば驚き半ば楽しんでいた。本当に彼女は、変わったお婆さんだった。

　彼女は一人暮らしで、通りの半ブロックほど先を、ムーシック通りの方へ少し入った所に住んでいた。その家も庭も柵も、今でもはっきりと思い浮かべることができる。実は、家そのものが目を引いたわけではない。家は小さな1階建ての建物で、外観は古ぼけていて、ペンキは剥げかかり、窓ガラスにはひびが入っていた。また庭が目立っていたわけでもない。庭はほとんど土がむき出しになっ

ていて、まばらに生えている雑草やイバラが、柵の近くに群生している芝の生長を邪魔していた。何といっても、僕が実にはっきりと思い浮かべることができるのは、彼女自身のことである。小柄で猫背でみすぼらしい身なりの彼女は、毎日教会に通う時と、時折市場に買物に出かける時以外は、いつも一人でいて人と交流することがなかった。さて、「毎週日曜日特別なご馳走として朝食の食卓に上るのは、十字飾りのついた菓子パンである」とつながるように僕の中で彼女とつながるのはいつも豚であった。── 今でさえ、そうなのである。

　僕は昔、彼女の家の脇をよく通っていた。新聞配達のルートに入っていたのだ。だから毎晩5時半頃になると、僕は新聞が入った大きな袋を担いで、彼女の家の裏側に接する路地をとぼとぼ歩いていた。彼女が家の中にいる時は、煙突から煙が一筋立ち昇っているから分かったし、時には外に出て家の周りを歩き回ったり、豚に餌をやったりしていた。そう、豚！　大きさも形も色も様々な豚が、そこら中にいるのだ。豚小屋はなかった。たとえあったとしても、路地からは見えなかった。豚たちは、表の南アーヴィング通りから裏の路地まで、庭中をわがもの顔で、喜々として駆け回っていたのだ。

　実を言うと、僕はこの豚を、特に子豚たちを見るのが好きだった。時には休憩がてら立ち止まって、持ってきたパンやクッキーをやったりした。それが習慣になり、午後5時半になると、まるで映画スターを一目見ようと集まるファンのように、柵沿いに豚が群がって、尻尾を振り頭をしきりに持ち上げて、おやつがもらえるのを待っていた。

　僕は、その婦人のことをもっと知りたかった。誰か知っている人が教えてはくれないだろうかと思った。でも、彼女のことをなんらか知っているのは僕の従兄弟たちくらいしかなさそうだった。彼女

Honey Chil'

は1901年にアイルランドのゴールウェーから、21歳の新婚の花嫁としてアメリカに渡ってきたらしい。その頃は移民たちの就職口は少なく、特に教育をほとんど受けていない貧しい者たちにとっては厳しい状況だった。更に悪いことに、彼女も夫も英語よりゲール語が得意だった。なのに、彼女の姉がスクラントンに住んでいて、その姉から受け取った手紙は希望に満ち溢れていた。「アメリカは美しい国です！ 仕事の口もたくさんあります！ 飢えに苦しむことなんて決してありません！」そこでポケットになけなしのお金を詰め込み、心に希望を抱いて、彼女と夫はアメリカ行きの船に乗り込んだのだ。

　自分の家族も養わなくてはならない姉との共同生活は、確かに楽ではなかった。それでも仕事があるだけましだった。以前のように農場ではなく、鉱山での仕事だった。鉱山！　石炭！　黒いダイヤ！　こうしてまた一人、たくましく熱心な若いアイルランド出身の男が、かろうじて意志を伝えられる程度のそこそこの英語力で、早朝から深夜まで週6日間、地上と地下を結ぶエレベーターで行ったり来たりの生活を始めたのだった。稼ぎの方は大したことはなかったが、毎日の食費には十分だったし、7年後にはスクラントン南部の一角にある、アイルランドやドイツからの貧しい移民たちが住み着くシャンティの丘に、小さなバンガローを買うくらいのお金はできた。

　初めのうち、生活は順調だった。特に月末、夫のポールが給料袋を持って帰宅する時は格別だった。正真正銘のアメリカ紙幣45ドル。これさえあれば、貯蔵棚の食料品も、地下室の石炭も、新しい服も買い足せる。二人には子供がなかったから、小額だが、余ったお金をファースト・ナショナル銀行の預金口座に入れることさえできた。順調な生活だった。だが、人生には落とし穴が付き物だ。

　それは現場監督の落ち度だった、と言う人もある。地下55mにあ

る新しい鉱脈を、足場を補強せずに掘るのは危険だということくらい、分かっていたはずだというのだ。でも、そんなことを言う権利が誰にあるだろう。たとえ足場を鋲で留めたって、何千トンもある岩や石炭が崩れ落ちてきたら、支えきれるはずがないのだ。だから当然、足場は押しつぶされた。11人の強靭な男たちが、一瞬にして土に埋もれた。大地が少しずれて崩れただけで、巨大な支柱はまるで爪楊枝のようにあっけなく崩壊したのだ。後はただ、待つしかなかった。

　彼女は希望を捨てなかった。心では絶望的だと分かっていても。この先どうすればいいのだろう。結婚して12年しか経っていないというのに。これからどうすればいいのだろう。

　それから何年かが過ぎ去った。姉はずっと前に引っ越してしまったので、彼女には実際頼れる人は誰もいなかった。だから一人で暮らし、まるで我が子のように豚たちに愛情を注いで、豚の餌や自分の食料を買いに、小さなワゴンを引いてとぼとぼと市場まで歩いていき、そして熱心に教会に通った。

*

　僕は、いつも8時のミサで子供向けの説教をして下さる副主任司祭のファロン神父が好きだった。ただ一つ厄介なのは、この神父は自分が傾倒する神学を、説教壇からみんなに教えるのが大好きだったことだ。よく説教の途中で、難しい聖書の中の一節を何とかして説明しようとするのだが、残念ながら僕には全くちんぷんかんぷんだった。

　それがいつの日曜日だったか、どの季節だったかさえ、今ではもう忘れてしまった。でも、その聖書の一節ははっきりと覚えている。マルコによる福音書の中の豚についてのエピソードで、イエスが狂った男から悪霊の大群を追い払うというものだった。その日のファロン神父は、声を張り上げたり、何度も聴衆を見渡したりして、

いつもよりはりきっている様子だった。まだ幼かった僕でさえ、ちょっとわざとらしすぎるのではないかと思ったほどだ。

「みなさん」神父は僕たちの方を指差して言った。「このお話の意味が分かりますか？　イエス様がおっしゃりたかったことを教えてあげましょう。これから先、ずっと死ぬまで忘れてはいけないことですから。

イエス様はなぜ、悪霊に取りつかれたこの惨めな男を癒すことができたのでしょう？　なぜこのような素晴らしい奇跡を起こされたのでしょう？　答えはこうです。イエス様は、悪霊たちに豚に乗り移るよう命じられた時、偉大な心理学者の役割を果たされたのです。ユダヤ人たちにとって豚は不潔な動物だということを、イエス様はご存知でした。イエス様は…」

するとその時、すさまじい「グルルー、グルルー！」という咳払いが、言うまでもなく、信者席の最前列から聞こえたと思ったら、続いて同じくらい大きな唾を吐く音が辺りに響き渡った。一瞬にして、みんなの視線がファロン神父から豚の婦人に移った。実際、ファロン神父自身も、ショックのあまり彼女を見下ろしていた。それから神父は、何とか落ち着きを取り戻そうとしながら説教を続けた。

「それで、えーっと、先ほども言ったように、イエス様は悪霊たちに豚に乗り移るように命じられました。みなさん想像がつくと思いますが、その時豚たちは丘の上で草を食べていました。ところが、悪霊に取りつかれた男が大騒ぎを起こしている様子にすっかり脅えてしまった豚たちは、食べるのを止めて丘の上から一気に駆け下りてきたのです。そして…」

ちょうどその時、ものすごい声が聞こえた。まるでカラスが教会に飛び込んできて、あらん限りの声で思い切り「カア！」と鳴いたような声だった。これにはファロン神父も、教会にいた他の人たち

も、誰もが度肝を抜かれた。神父の顔がみるみる赤くなっていくのが分かった。でも、さすがはファロン神父。並々ならぬ努力の結果、何とか平静を取り戻し、説教を最後まで終わらせたのだった。
　「さあ、みなさん。これでお話は終りです。神を信じましょう！　父と子と聖霊との御名によりて、アーメン。」

＊

　はっきりしたことは分からないが、あの日はファロン神父にとって、とても意味深い日になったらしい。その後も神父は、相変わらず毎週日曜日に子供向けの説教をしたが、あの日を境に話の内容に変化が現われた。少なくとも、話のしかたが変わったのだ。もう以前のように自信に満ち溢れた様子ではなくなった。そして、みんなが理解しがたい内容を自分の知識をひけらかすようにしゃべるのではなく、聴く側のレベルに合わせて話をするようになった。僕も神父の説教が好きになったほどだった。以前よりも子供たちに直接話しかけることが多くなった。たぶん大人たちも聴いていたとは思うが。説教の内容も、動物や昆虫の出てくる話や、童話を題材にしたものが多くなった。
　「カエルとネズミのお話を聞いたことがありますか？　昔々あるところに、小さな男の子がおばあさんと二人だけで暮らしていました」といった調子だ。
　こんなふうに神父が話し始めると、（以前と違って）たちまちみんなの注目が集まった。そして話が終わるまで、教会はしーんと静まり返っていた。神父の話を聞くのは本当に楽しかった。誰もがそう言った。そして何と、この神父の説教がお目当てで、9時のミサになると教会にどっと人が押し寄せるようになった。
　面白いことに、豚の婦人にも変化が現われた。あの忘れがたい日曜日の後も、彼女は相変わらず毎日ミサに出席していた。でももう二度と咳払いをしたり唾を吐いたりせず、いつも静かに信者席に

座っていた。そればかりではなく、彼女はファロン神父に対して尊敬の念さえ抱くようになったらしい。ミサが終わった後、神父の所に行って封筒を手渡している姿を時々見かけた。その中身が寄付金なのか、それとも亡くなった夫に捧げるお祈りのリクエストなのか、それは謎のままだ。僕はいつも気になっていた。

　それから何年か経ち、僕が街を出て大学に行き始めてから、母から一通の長い手紙が届いた。あの素晴らしく風変わりな婦人が、つい先日亡くなったと書いてあった。その最期はごく平凡なものだった。眠っている間に静かに息を引き取ったのだ。平凡でなかったのは、ベッドの下から出てきたものだった。段ボール箱いっぱいの現金、正確には22万ドルが見つかったのだ。そしてそのお金には、美しい字で書かれた次のような短い手紙が添えられていた：

　私の死後、この箱の中から発見されるお金の額が、様々な憶測を呼ぶかも知れませんが、皆さんの時間と労力を無駄にしないためにも、これが決して怪しいお金ではないことを、ここにはっきりと証言しておきたいと思います。このお金は、夫と私が昔アイルランドから移住してきた頃の、ごくわずかな預金に対して支払われた利子によるもの、また微々たる額の投資によって、長年の間に貯まったかなりの額の配当金によるものに過ぎません。私は自分の名や行いに対して、他人の賞賛を得ようなどという気は毛頭ありません。あらゆる善行は、全て神の愛によるものだからです。ただ、私よりもずっと苦しい生活を強いられている人のお役に立てればと思い、今までわざと質素な暮らしをしてきたのです。

　このお金は、ナティビティ教会によって、この教区に住む貧しい人々のために役立てていただければと思います。また、夫のポール・チャールズ・ギャラガーと私に、それぞれ25回ずつミサを捧げてくださることを希望します。もしできることなら、ミサはクレイ

グ・ファロン神父に執り行っていただきたいと思います。彼は本当に立派な聖職者です。私は神父を心から信頼し、尊敬しています。

　（署名）　マーガレット・ジュリア・ギャラガー
　（日付）　1954年3月5日（日）

　僕は母からの手紙をしばらく机の上に置いたまま、婦人の在りし日の姿を思い浮かべていた。小さなワゴンを引いて市場からとぽとぽと坂を登ってくる姿、豚たちにいとおしそうに餌をやっている姿、教会の説教壇の前に静かに座っている姿。まるでジグソーパズルが完成した時のように、全ての断片的なイメージがつながって一つの絵になったような気がした。あの婦人は少しも変ではなかった。ただ普通の人と違っていた、全く違っていたのだった。誰よりも特別で、非常に類い稀な、とても慈しみ深い婦人だったのだ。

Honey Chil'

10　ロニー

　ある日僕らはネイオーグ公園に行って、のんびりくつろいだり泳いだりした。その後みんなでチェスをしている時、あいつは突然こんなことを言い出した。「俺は、怖いものなんて何もないね。」
　あれは確か、公園のすぐ隣にあるロアリング川の絶壁から川に飛び込めるか、という話をしていた時だったと思う。その時あいつがそう言ったのだ。とにかく僕はその時、あいつの言葉に衝撃を受けた。そして、その言葉が真実であることに、僕はだんだん気づかされることになった。あいつはどんなこともどんな人も、決して恐れない男だった。たとえ誰が相手でも、図々しい態度をとった。それはからかいの要素がかなり強かった。大声で相手を怒鳴ってから、まるで殴りかかろうとせんばかりの勢いで走っていったかと思うと、突然立ち止まるのだ。時にはこれが効力を発揮して、体の大きな男でも後ずさりすることがあった。そう、あいつは本当に勇気があった。ただ、その勇気の使い方に問題があった。
　ロニーと僕は、いつも親しくしていたと言っていい。少なくとも、いろんなことを一緒にやった。あいつはよくうちに来て、僕を魚釣りや泳ぎに誘った。逆に、僕が近所でキャッチボールをしたいとか、ハイキングに行きたいとか思った時も、たいてい誰よりも先にロニーを誘った。それなのに、あいつにはどこかよそよそしいところがあって、僕には教えたくない秘密がたくさんあるみたいだった。いつも壁のような物に隔てられて、それを打ち破ることはできなかった。もう一つ、ロニーはよく笑う奴だったが、いつもどこか人

を馬鹿にしたような笑いだった。誰かを笑いものにしたり、揚げ足を取ったり、からかったりしていた。ロニーにとっては人生そのものが冗談で、まるでジェットコースターを乗り回しているみたいだった。あいつは楽しみたかったのだ。楽しみがないなら、自分の手で作り出そうとした。あたかも道化師のように。

　そもそも事の始まりがいつ頃だったか、はっきりは分からない。でもかなり幼い頃、たぶん8歳か9歳の頃だったと思う。最初のうちはたわいないことだった。路地で紙を燃やしたり、ずる休みをしたり、猫のしっぽに空き缶を結びつけたり。そんな類いのことだった。実は、僕たちも仲間に加わっていた。僕の兄弟と僕、それにフランク・コンドロスキー、ティミー・レイ、ボビー・ケリーだ。だが言うまでもなく、言い出しっぺは決まってロニーだった。それはさておき、時が経つにつれて、そんなちょっとしたスリルだけではだんだん物足りなくなってきたようだった。そこでもっと大それたこと、例えばエイノンの店で万引きをしたりするようになった。ロニーは僕らに、まずポケットに穴をあけ、それから欲しい物の上に上着を被せるやり方を教えてくれた。「慌てず、きょろきょろしないこと。一度にたくさん取っちゃ駄目だぞ。せいぜい一つか二つにするんだ。」これはうまく行った。2、3ヶ月後には、かなりの盗品が集まった。釣り道具に、自転車のアクセサリー、ナイフ、キーホルダー、何でもあった。どれも全く苦労せずに手に入った。

　ある日学校が終わってから、僕らはタッチフットボールをして遊んだ。たぶん七人か八人くらいいただろうか。いつものように、僕らは車の少ない場所を見つけた。それからチームに分かれ、ボールを投げ合って試合をした。そのうち暗くなってきたので、試合は打ち切りにして、ロニーと僕以外はみんな家に帰っていった。僕たちはその後も二人でボールを投げ合っていたけれど、しばらくすると飽きてしまいやめにした。するといつの間にか、ロニーは電柱の脇

Honey Chil'

に立って、火災報知器を眺めていた。あいつが報知器の小さなガラス扉を開けたので、とっさに僕は叫んだ。「ロニー、やめろ…！」だが無駄だった。あっと言う間のことだったので、真向かいにある店の正面の窓から、店主のタリーさんが一部始終を見ていることを、ロニーに注意する暇もなかった。まあ、そうしたところで何も変わらなかっただろうけれど。突然けたたましい音が鳴り響いた。ロニーはどうしたか知らないが、僕はウサギのように一目散に逃げ出した。

　その晩9時半頃、僕はベッドに入る前にトイレに行った。裏庭を見下ろす2階の窓からふと外を見ると、パトカーが僕の家の方に向かって、カブト虫のようにのろのろと近寄ってくるのが見えた。暗い路地の隅々まで、隈なくライトで照らしながら進んでくる。僕は心臓が止まるかと思った。慌てて窓際から離れると、急いで忍び足で寝室に戻った。まるでちょっと音を立てただけでも、ここにいることがばれてしまうとでも言うように。後で分かったことだが、結局あの後は何も起こらなかった。タリーさんは警察に通報しなかったらしく、事は治まったのだ。でも、その時僕は決心した。もうたくさんだ。ロニーとは縁を切る。あんな友だちは必要ないのだ。

　時が過ぎた。その間の何年か、僕はあちこちであいつに再会した。偶然同じゴルフコースでキャディーをやっていたこともあった。プールで見かけたこともあったし、ただぶらぶら歩いているのを見たり、家の裏の路地でばったり会うこともあった。僕らはあまりしゃべらなかった。でも、あいつは変わっていなかった。それどころか、かえって悪くなっていた。確かに、あの不思議な笑みはいつも浮かべていたけれど、今では高慢な感じになり、俺は誰よりも物知りなんだぞと言わんばかりだった。実際、僕はあいつを少し恐れていたと思う。あいつは兄弟姉妹が九人もいたから、父親は手いっぱいだった。母親のハリス夫人は2、3年前に亡くなったが、それ

でもあいつの態度は変わらなかった。

　あの頃僕は14歳くらいで、かばんにぎっしり詰まった新聞を苦もなく運べたので、街の東部地区で新聞配達をしていた。あの頃鉄道沿いにずっと延びていた通りは、今ではもうなくなってしまった。その場所にメインキャンパスを持つ、スクラントン大学所有の学生寮を建設するために、通りにあった建物は全て取り壊されたのだ。でも当時は、線路に近いアルター通りに沿って、吹けば飛ぶような家々が建ち並んでいた。そこに住む人たちはほとんどが僕のお客だったから、次第に顔見知りになっていった。それに、僕がこの東部地区に着く頃には午後５時半くらいになっていたので、ほとんど誰もが学校や仕事を終えて家に帰ってきていた。みんな夕食の支度で忙しいので、あまり油を売っている暇はなかったけれど、お互いに挨拶を交わしたりはしていた。みんな親切で優しい感じだったが、ただ一人、ヴェッチ夫人だけは例外だった。ああ、あの人ときたら！

　通りの端にあるこの夫人が住む荒れ果てた家 ― 家を建ててから、一度もペンキを塗り直したことがなさそうだった ― を見ただけでは分からなかったが、でも夫人が身につけている高級な服や宝石を見れば一目瞭然だった。「夫人は金持ちなのだ。」家の内装も違っていた。僕が新聞配達をしていた３年間、夫人はただの一度も家の中に入れてはくれなかったが、― 窓越しに家具や骨董品や壁に掛かった絵などをちょっと見ただけでも分かった。― 誰か相当な金持ちが住んでいるのだ。ヴェッチ夫人はどちらかと言えば小柄で、40代後半くらいだったろうか。いつもせかせかしていたから、本人や家族の話を聞いている暇などあまりなかった。と言うより、夫人は誰にも会いたくないようだった。少なくとも、僕には会いたくなさそうだった。月末に僕が集金に行くと、いつも必ず、きっちりお釣りのないように代金を入れた封筒が、玄関のドアの横にある郵便

受けの中に入っていた。それが夫人のお決まりのやり方だった。たとえクリスマスの時期だって、金額はいつもと同じだった。他の人たちはみんな、余分にチップをくれたのに。

　そもそもロニーがその話を持ち出した時、僕はちょっと怪しいと疑いをもつべきだったのかも知れない。それはともあれ、ある日ロニーは僕の配達ルートをしきりに知りたがっている様子だった。担当はどの辺りか、配達先は何軒くらいか、時間はどれくらいかかるか等々。そしていきなり、僕の手伝いがしたいと言い出したのだ。僕が集金に回る月末の土曜日なら、暇があるから都合がいいと言うのだ。まあ、なかなかいい話だと思った。少し手伝ってもらえれば、仕事もはやく片づくし。こうして月末の土曜日の朝10時頃から、僕らは１軒ずつ回り始めた。とてもうまく行って、何もかもが順調に進み、間もなく僕らは担当地区の端までたどり着いた。そこまで来た時、僕はロニーにヴェッチ夫人の話をし、郵便受けに入っている代金をもらって来てくれるよう頼んだ。その間に僕は通りの反対側に行って、他の家を２、３軒回ってくるからと。

　それから数分後、ある家の玄関口から下りようとしていた時、金切り声が聞こえた。「この卑怯者！　恥知らず！　泥棒！　泥棒！」
　見るとヴェッチ夫人が、まるで体に火をつけられた魔法使いのように、玄関先で飛び跳ねていた。夫人が指差す方向には、線路を目指して通りをまっしぐらに走っていくロニーの姿が見えた。あの時のロニーと言ったら！　あいつの目の前には、高さ180センチほどの鉄の柵があり、その先端は鋭く尖っていた。そこでロニーは立ち止まったかって？　とんでもない。あいつは、まるで翼でも生えているみたいに、その柵をひょいと飛び越えてしまったのだ。そしてそのまま、森の中へ姿を消してしまった。

　それでもまだ、ヴェッチ夫人の興奮は冷めなかった。今度は僕に向かって怒鳴り出した。「この恥知らず！　恥知らず！　あんたも

同類よ！　あんな人間と付き合うなんて！」
　あまりにも早い展開だったので、僕は何が起きたのかさっぱり分からなかった。どうして夫人はあんなに興奮しているんだろう。ロニーは何をしたんだろう。僕は通りを渡って、夫人の近くまで行った。こちらから尋ねるまでもなかった。
　「瓶の中にお金を入れておいたのよ」と夫人は叫んだ。「牛乳屋さんのためにね。それを盗んだのよ。あそこから盗んで行ったのよ！」夫人は玄関先に置いてある空っぽの瓶を指差して、それこそ犯罪の動かぬ証拠だと言わんばかりだった。「あんたのせいよ！」夫人は僕に向けた人差し指を振りながら言った。「みんなあんたのせいだわ！　あんな不良たちと付き合って。代わりにあんたが払ってちょうだい！　さあ、払ってちょうだい！　さもないと警察を呼ぶわよ！」
　僕は盗まれた額を聞いて（たった数ドルでこの騒ぎとは！）、その場で支払いを済ませた。僕が角を曲がる時も夫人はまだ興奮していて、そこらじゅう飛び回って「重窃盗罪」の話を言いふらしていた。
　でも僕に何ができたろう。僕はそのまま集金を続け、それから家に向かって歩いて帰り始めた。でも僕は怒っていた。夫人がロニーを捕まえなければ、僕が捕まえてやる。何とかしてこの借りは返してもらうぞ。僕は柵を乗り越えると、森の中の小道をたどり始めた。その道を歩いていけば、街の中心部と僕の家族が住む南部地区とを結ぶ橋に出られるはずだった。一本の大きな木の横を通りかかった時、どこからかささやく声がした。
　「ジャック、あの女は行ったかい？　もういなくなったのか？」
　ロニーだった。僕は殴りかかりたい衝動を必死にこらえた。僕らは橋にたどり着き、渡り始めた。僕はもう怒りを抑えきれなくなった。「いったい何様だと思ってるんだ？」と僕は言った。「あの人

のお金を盗んでいいなんて誰が言った？　まったく何様だと思ってるんだ？」意味のない質問だったが、言わずにはいられなかったのだ。どっちにしても効き目はなかった。馬の耳に念仏だった。

　ロニーは僕の背中をポンと叩いて笑った。「おいおい！　そんなに深刻になるなよ！　大した額じゃないだろ、たかが数ドルだぜ！　数ドルが何だよ？」

　もう我慢も限界に達していた。ポケットに手を突っ込んでいないと、殴りかかりそうだった。僕は何も言わずに歩き続けた。殴っても効き目がないと分かっていたから。

　全てはあっと言う間の出来事だった。たぶんそれから３、４分後のことだったと思う。僕らが橋の真ん中にさしかかったちょうどその時、１台のパトカーが僕らの方に向かってきたのだ。見ると、誰か後ろの座席に座って、窓からやせ細った指をこちらに突出している人がいる。ヴェッチ夫人だった。ロニーは１秒たりとも躊躇しなかった。あいつは橋の手すりによじ登ると、そこに立ったまま川を見下ろした。

　「ロニー！」それ以上何も言う暇はなかった。パトカーが来ると、ロニーは見向きもせずにいきなり飛び降りた。何てことを！　あいつは飛び降りたのだ！　60メートル下を流れる川に向かって！　真っ逆さまに、ズボンをエアバッグみたいに膨らませて、両腕を左右に伸ばしてバランスを取りながら。そして「バーン！」という音と共に、水の中に姿を消した。

　警官の一人がパトカーから飛び出してきた時は、ちょうどロニーの体が水の中に沈んでいくところだった。すると警官は僕の方を振り向き、ぶっきらぼうな命令口調で言った。「車に乗るんだ！」

　後ろのドアを開けると、ヴェッチ夫人が反対側の席に体をいざらせた。まるで僕が近寄るのも汚らわしい人間だとでも言わんばかりに。

「マイク！　急げ！」さっきの警官が言った。「セダー通りだ！」
　僕の鼓動は激しくなり、心臓がはちきれるかと思った。でも僕には分かっていた。追いかけても無駄だ。捕まりっこないんだから。僕らがセダー通りに着く頃には、ロニーはとっくに姿を消しているはずだ。
　案の定、僕らが橋のところまで来て車を止めた頃には、ロニーの姿はどこにも見当たらなかった。でも、それでおしまいではなかった。警官が僕にあれこれ質問し始めて、それを全て小さな手帳に書き留めていったのだ。「さあ、君の名前を聞こうか。住所は？」
　僕は警官の質問に全部答えた。
　「それで、君の友だちは？」
　僕は黙っていた。
　「いいかい」と警官は言った。「君が協力してくれると、非常に助かるんだ。あのご婦人からいろいろと聞いてるんでね。後は君の口から話してもらいたいんだが。」
　どうしよう。話すべきか。黙っているべきか。僕の頭に光景が浮かんだ。パトカーがあいつの家の前で止まり、玄関のベルが鳴る。「ハリスさん、息子さんはいらっしゃいますか？　窃盗の容疑で捜査中なんですが。」ロニーの父親はどんな気がするだろう。自分は何もしていないのに。何の関わりもないことなのに。
　「さあ、言うんだ」鉛筆をトントン叩きながら、警官が言った。
　「僕、あの…知らないんです」僕は神経質そうに両手をぎゅっと握り締めながら、口の中でもごもご言った。
　「何！　知らないだって？　友だちなんだろ？」
　「いいえ」と僕は答えた。「知り合いじゃないんです。今まで会ったことなかったんです。」警官は僕の顔をじっと見た。「今日初めて会ったばかりだってことかね？」
　「あ…はい」と僕は言った。「初めてです。」

僕が嘘をついていることはばれていた。警官は鉛筆を口にくわえてなめ出した。「よほど大切な友だちなんだな。」
　僕はうつむいて道路を眺めたまま黙っていた。「そうか…」と警官は言った。
　僕はすがりつくような気持ちで、祈りの言葉をつぶやいた。もうこれ以上パトカーに乗るなんてごめんだ。特にヴェッチ夫人の横に座るのはいやだ。
　警官がなぜ僕を解放してくれたかは謎だ。僕に同情したのだろうか。それほど騒ぎ立てることではないと思ったのだろうか。いずれにせよ、警官は警告付きで僕を解放してくれた。
　「今度盗みの現場で見つけたら、本当に豚箱行きだぞ、いいな？今度こそ逃げられないぞ。永久にな！」警官は本気で言っているのではなかった。ただヴェッチ夫人（彼女は僕たちの会話を一言も聞き逃すまいとして、後部座席の窓から頭を出していた）が前に言ったことを繰り返しているだけに違いなかった。とにかく、警官のこの言葉に僕は心底ほっとして、もう二度と騒ぎは起こさないと誓った。
　「以後気をつけます！　もう二度とこんな騒ぎは起こしません！約束します！」それからちょっとおまけに、パトカーの方を向いて深々とおじぎをした。本当はお尻を向けておじぎをしてやりたい気分だったが、やめておいた。もうこりごりだった。

＊

　それから何年かが過ぎ去った。大学に入った僕は、優れた教師と面白いイラストがたくさん載った良い教科書に恵まれたおかげで、気がつくとアメリカ文学にのめり込んでいた。その結果学位を取り、やがてニューヨークの小さな大学で教師を務めることになった。
　ある夏休暇で実家に帰っていた時、予期せぬ人から電話があった。
　「やあ、ジャックかい？　俺のこと覚えてる？　ロニーだよ、ロ

ニー・ハリスさ。思い出したか！　忘れるはずないよな？　それで元気にしてるか？　長いこと音沙汰なしだったもんな？　なあ、一度会わないか？　夕食でも一緒に。お前とティミーと俺でさ。思い出話でもしようぜ。昔を振り返ってさ。本当に久しぶりだもんな」

　僕は、弟のティミーに都合を聞くから２、３分待っていてくれと言った。僕としては断りたかったのだが、それでは礼儀に反するだろうとティミーは言った。そんな訳で、約15年ぶりに、ティミー（ドイツの任地から休暇で家に帰ってきていた）とロニーと僕は、一緒に食事をすることになった。

　あいつが大きなキャデラックで乗りつけた時も、白い靴とベルベットのスーツで現れた時も、僕はさほど驚かなかった。ロニーは立派な体格になっていた。ハンサムで、背は190センチ近くあり、自信に満ち溢れていた…　なかなか面白い夜になりそうな予感がした。

　ケーシー・ホテルの正面扉から中に入る時、ロニーは接客係に何かそっと手渡した。そして、まるでホテルの支配人のような態度で、先頭に立ってロビーの奥へと入っていった。まもなく、僕らはレストランの中央のテーブルに案内された。何もかもが整然とした雰囲気の中で、僕らは満ち足りた気分になり、肩の力を抜いて楽しい夜を過ごすことにした。

　ティミーは、ドイツでの任務の話や、マンハイムの近くにある基地の手伝いで最近忙しかったことなどを少し話した。僕らがベトナムのことを尋ねると、ティミーはあまり話さず、ほとんどダナン市内とその周辺にいたとだけ言った。ベトナムのことになると口が重くなるのはいつものことだったから、僕は特に驚かなかった。誰かに質問されるといつも、軍の指令で行かされたと答えていたが、実際はそうでないことを僕は知っていた。何年か前にうちに尋ねてきた将校が、家族の前で、兄は自ら志願して行ったのだと打ち明けた。

Honey Chil'

　ベトナム戦争の初期には、かなり多くのアメリカ兵たちが、共産主義が他の国に広がるのを防ぐため、ベトナムを解放しようという利他的な動機を持っていたのだ。それに比べると、僕の方はおとなしいものだった。大学院生の頃もその後も、人生の大半を文学に費やしていたのだ。『白鯨』『草の葉』等々。講師の仕事も最初の２、３年は忙しかったが、次第に落ち着き、毎日の日課としてこなせるようになった。

　僕らもロニーのことが知りたかった。今は何をしているのか、父親とはうまく行っているか、ジュディやテリーや他の兄弟姉妹たちはどこにいるのか。

　マティーニを味わいながら、ロニーは楽しそうに家族の話をしてくれた。そして次第に、話題の中心は本人に移っていった。ロニーは数年前、銀行から数千ドル借り入れて金物店を開業した。経営が傾くと、今度はポコノスに土地を買い、それを売って一儲けした。今は中国のテニスシューズ・メーカーとの事業を計画中だということだった。メーカーがシューズを提供し、ロニーが販売店を探すのだ。そうやって僕らが話していた時、隣のテーブルに座っている小柄な男の人が立ち上がって、僕らの方に近づいてくるのが目に入った。その人は足が悪いらしく、杖を頼りにぎこちない様子で、足を引き摺りながら歩いてきた。しゃべるとどもりもひどかったが、何か言いたいことがあるのは確かだった。

　「ちょ…ちょっとす…すまんが」そう言ってロニーに直接話しかけてきた。「あ…あの…もしかして…ファ…ファルゾンじゃないかね？　ロッ…ロッキー・ファルゾン？　さ…さっき入ってきた時…き…気づいたんだが。し…知ってるよ。あ…あんたロッ…ロッキー・ファルゾンだ…だろ？」

　ロニーはきつい口調で答えた。「何だって？　あんた一体何の話をしてるんだ？」あの不思議な笑みがさっと消えて、しかめっ面に

なった。

　男の人は少し驚いた様子だったが、それでも諦めなかった。「で…でも…み…見たんだよ…テ…テレビで。ちょ…ちょうど…せ…先週。あ…あんただったよ…ロッ…ロッキー！」

　ロニーは両手を挙げた。「いい加減にしてくれ！　何だこいつは？」

　それでも男の人は引き下がらなかった。「だ…第４ラウンドでジ…ジミー・ブライスをノックアウトしたんだ。お…抑えられなくてね！　み…右からアッ…アッパーカットでね！」

　ロニーはもう我慢の限界だった。ついに爆発したのだ。「おい、お前！　いい加減にしろ！　黙れ！　あっちへ行け！」

　ティミーと僕は顔を見合わせた。するとティミーは、手を伸ばして男の人の腕に優しく手を置いた。「申し訳ないんですが」とティミーは言った。「どうも人違いのようで。この人はあなたが思っている人じゃないんですよ。残念ですが。」

　男の人は顔を赤らめ、謝って深々と頭を下げると、また足を引き摺って席に戻っていった。周りのテーブルの客たちが数人、食事の手を止めて僕たちの方を見ていた。ロニーは椅子に深く腰掛け直すと、落ち着きを取り戻した様子でグラスを持ち上げた。

　「さあ、さあ！　心配ないよ！　いつものことなんだから！　どこかの変わり者が、俺のことをエルビス・プレスリーだの、ロック・ハドソンだの、しまいにはスーパーマンだなんて言い出すんだ！　信じられないね！　何を考えてるんだか！　ほら！　飲んで！　飲んで！」

　やがて食事が運ばれてきて、僕たちはまたいろいろな話をした。でも、もう初めの頃のように会話は弾まなかった。うわべだけは楽しそうに、時々冗談を言い合って、ちょっと世間話をして、最後に少し飲んで終わりだった。ロニーが車で家まで送ってくれた後、僕

Honey Chil'

たちはこれからも連絡を取り合おうと約束して別れた。
　僕がロニー・ハリスを見たのは、それが最後だった。でも、うわさを聞いたのは最後ではなかった。それから２年後、朝刊の一面にでかでかと記事が載ったのだ。「スクラントン出身者、詐欺の容疑で逮捕」そこにははっきりと、「ロニー・ハリス」の名が印刷されていた。詳しいことまでは理解できなかったが、何でもフェニックスの小さな地所を購入できるという、通信販売システムに関わる事件らしい。言うまでもなく、しばらくして土地購入者たちは、その土地がアリゾナ州の所有するただの砂漠であることに気づいた。ロニーは偽名を使って事を進めたが、最終的に警察に突き止められたのだ。審理の予定日も書いてあった。
　あいつは今頃どこで何をしているのだろう、と僕はよく考える。立ち直ったんだろうか？　答えは簡単には見つからない。全てを理解するのは至難の業だ。思い出す度に、僕は何だか嫌な気分になる。いったい何が原因で道を踏み外したのだろう。僕たちにも、と言うより僕自身にも、多少責任があるのだろうか。原因は何であれ、ずっと昔、僕たちがまだ幼かった頃に何かあったのだ。何かがうまく行かなかったのだ。気の毒なことだと思う。あいつは本当に世渡りがうまかった。全くの怖いもの知らずだった。もしかすると、そのことも関係があったのだろうか。誰にも自分を止めることはできないということを、知らしめようとしたのか。その気になればいつだって、世の中の秩序を乱してやれるんだということを。そうなのだろうか。本当のところは、結局誰にもわからないのかもしれない。

11 ヴァニティー

　まるで万華鏡をのぞいているように、初めはぼんやりしていたイメージが、だんだんはっきりと焦点が合ってくる。あの笑顔、生き生きと輝くような表情、もう少しで肩に届きそうな所で上向きにしっかりカールした豊かな金髪。イメージの断片が動いて、焦点がぴったり合ったと思うと、またずれてしまう。決して留まることを知らない。
　そもそもきっかけは何だったろう。今でははっきり思い出せない。お互いの家が近かったとか、高校が一緒だったとか、共通の友だちや知り合いのような、何かつながりがあったという訳でもない。とても単純なことだった。人にお膳立てしてもらったとか、長い間に想いが募ったとか、僕から言い寄ったとかでもない。金曜の夜に街にスクエアダンスをしに出かけて、そこで見かけただけなのだ。彼女は隅の方に立ったまま、ただ音楽を楽しみ、友だちのダンスを見ていた。絶えずにこにこして、とても楽しそうだという印象を受けた。実際、きっかけはこれだったのかも知れない。僕が惚れ込んだのは、彼女の楽しそうな様子、あの笑顔、一目見ただけで人の心を和ませてしまう点だった。これで一応説明はつくと思う。少なくともきっかけだけは。
　人の生活というものは、自からパターン化する傾向がある。と言うより、もしかすると僕たち自身がそうしようと努めているのかも知れない。あたかも物事にある種の秩序を保たせれば、何が起こっても少しはうまく対処できるとでも言うように。僕の場合もそう

Honey Chil'

だった。何よりも金曜の夜が待ち遠しくてしかたなくなった。金曜の夜！　まるで僕の目の前にさん然とそびえ立つ山のように、いつか登り詰めたいと思い焦がれているもの。けっしてどれくらい高い山かとか、どれほど危険かなんて少しも考えもせずに。僕はただ、山頂にたどり着きたいだけだった。途中、どんな障害があろうともろともせずに。毎週同じパターンだった。彼女は早くから来ていて、仲間と元気におしゃべりしながら、ホールのドアが開くのを待っていた。そして毎回、いつも変わらぬ温かい笑顔で挨拶してくれて、僕の心はすっかり舞い上がってしまうのだった。そしてダンス。ああ、彼女と踊れる順番が回ってくるまで、どれほど待ち遠しかったことか！　他のことなどどうでもよかった。一晩に一度か二度、彼女と踊れさえすれば。それだけで、また次の１週間を夢見心地で過ごすことができた。

　やがて２月がやって来た。勇気をかき集めるのにどれほど時間がかかったか、僕は今でも覚えている。ついに僕は決心した。よし、彼女にバレンタインデーのカードを送ろう。それにしても、ああ、どうやってカードを選んだらいいのだろう。あまり感傷的になり過ぎず、でも情熱のこもった、ぴったりのカードはないものか。そしてカードには何と書こう。僕はメッセージを決めるのに四苦八苦して、何度も何度も書き直した。聖書からの引用を使おうか。それじゃ、あまりにも宗教的になってしまう。バートレット引用句辞典ならどうだろう。だめだ、どの引用句も堅苦しすぎたり陳腐すぎる感じがする。僕は結局、客観的で核心をついた表現にすることにした。「親愛なるシーラへ、このカードを僕の心からの愛情の印として受け取ってください。ジャックより」カードを投函してから、僕はしばらく返事を待った。でも何の返事もないと分かっても、僕はがっかりしなかった。次に彼女に会った時、僕はその笑顔に何か特別なものを感じ、その目がきらきら輝いているのに気づいた。それ

だけで十分だった。十分すぎるほどだった。

　感情というものは、僕たちに信じられないほどの影響を与えるものだ。彼女に出会ってから、僕の人生は激変した。誰もがそれに気づいた。「君、恋をしてるね？　そうだろ？　相手は誰？　何て名前？　どこで会ってるの？」僕はただ顔を赤くして、何を言っているか分からないというふりをするしかなかった。彼女の名前を教える訳にはいかなかった。彼女は、僕以外の誰も触れることのできない、僕だけの秘密にしておきたかったのだ。

*

　セント・メアリー高校は小さな学校だった。生徒数は全体でも、せいぜい450人くらいだったと思う。その頃はまだ、カトリック教徒の親たちは、子供に宗教的な教育を受けさせたいと願っていて、そのためには金を惜しまなかった。とにかく、学校の規模では他校に負けていた分、僕らは実績で埋め合わせをした。その実績とはバスケットボールだった。思い返してみると、貢献していたのは選手というよりも、むしろコーチの方だった。ラリー・ドノバンは大した人物だった。ロングアイランドのセント・ジョンズ大学が、毎年全米で20位以内の成績を収めていた全盛期に選手だった人だ。ガードだった彼は、試合を全て仕切っていた。その試合のお陰で、セント・ジョンズ大学は1946年に、もう少しでNCAA（全米大学体育協会）のタイトルを獲得できるところまで行ったのだ。そんなドノバン氏が、僕らのチームのコーチになったのは、全く幸運ないきさつからだ。彼が卒業後まもなく教職の口を捜していた時、たまたまセント・メアリー高校で、彼の専門であるアメリカ史の教師に欠員が出たのだ。スクラントン出身の彼は、故郷のチームのコーチをするという考えが気に入った。全米で認められた大学チームの選手だったほどの人物が、人並みの給料でコーチを買って出てくれていると知って、高校側は大喜びだった。こうして契約が結ばれた。

Honey Chil'

　1949年のことだった。その後50年代半ばまでに、セント・メアリー高校の名は、州全体に知れ渡るほどになった。
　僕は今でも、細かいところまではっきりと覚えている。それは1956年2月11日の夜のことだった。僕は高校4年生で、それまでの4年間に、バスケットボール・チームの中心的なメンバーの一員に加えてもらえるまでになっていた。その夜、僕らはスクラントン西部のセント・パトリック高校と対戦していた。言ってみれば、非常に小規模ながら優秀な2チームが、市内の私立高校の優勝決定戦で対戦しているという状況だった。そればかりでなく、スクラントン大学の職員が数名、試合を観に来ることになっていた。噂によると、奨学金付きで選手を探しているというのだ。そんな興奮に更に輪をかけたのは、スタンドに僕の大好きな彼女が来ているということだった。試合を観に来て欲しいという僕の誘いを受けてくれたのだ。
　その夜はまるで、魔法の力が働いているようだった。第一、外野席にいる400〜500人もの観客の中から、彼女を見つけ出せたなんて驚くべきことだ。試合開始の数秒前にたまたまちらっと外野席を見上げたら、僕らのチーム側のちょうど真ん中辺りの席に、彼女が座っているのが目に入ったのだ。僕はその瞬間その場で心に決めた。僕の人生で最高の試合にしてみせる。彼女のために戦うのだと。そして試合のすごかったこと！　得点は1分毎に行ったり来たりした。試合の最後の最後、残り時間あと13秒という時、僕らのチームは1点だけ負けていたが、ボールはこちら側のコートの端にあった。全てはあっと言う間の出来事だった。僕がコートの外から反対側のガードにボールを投げると、彼は僕にパスを返した。チャンスだと思った僕は、中央のレーンにいるセンターに向かってボールを投げた。センターが振り向き、身長180センチのジャンパーがゴールめがけて跳んだ。ボールはゴールの縁を転がって外に落ちかけた。その瞬間、僕はゴール下に駆け込んでジャンプし、ボールをネットの

中に押し入れた。観客がどっと沸いた。たった今、65対64の１点差で、僕らは市の優勝校に決まったのだ。シュートを決めた瞬間、僕はスタンドの方を振り返った。彼女が僕に微笑みかけているのが見えた。騒ぎの中でもはっきりと分かった。僕はあまりの嬉しさに、スタンドに駆け上がって彼女を抱きしめたい衝動にかられた。僕はまさに天国にいて ― 彼女と二人で天国にいて ― 雲に乗って空中を漂っているような気分だった。溢れんばかりの愛、愛、愛。

＊

　きっと雪が降り出すと思った。あまりに強烈な寒さで耳がひりひりし、息をするのも辛いくらいだった。しかも、空の色がだんだん暗くなってきた。それでも僕は、男らしい愛車の47年型「ポンティアック」に乗っていきたかった。冬になって既にタイヤにチェーンを巻いてあったので、どんな所でも運転できるとわかっていた。それに車は快適だった。暖房もよく効いたし、シートも広くて柔らかかった。僕は彼女を感心させたかったのだ。結局のところ、それが目的だった。僕の光り輝く愛車に乗せたかったのだ。そして思ったとおり、ダンスパーティーの前の晩に、かつてないほどの大雪が降った。美しい白銀の粉が、まるでケーキにまぶした粉砂糖みたいに、地面の上に10センチ以上も降り積もった。ダンスパーティーが終わるとすぐ、僕は彼女の所に行って車で送ると申し出た。彼女は振り返って仲間の女の子たち三人と話をしてから、その子たちも一緒でいいかと聞いた。もちろん、大きい車だからスペースは十分あった。

　みんなを家に送り届けるのは、たった数分で済んだ。全員が街の南部地区に住んでいたのだ。僕らはその間いろんなことを話した。次の週の土曜日に、街の別の地区にあるYMCAで、ダンスパーティーがあることも教えてもらった。みんな行くつもりだと言う。「あなたも来る？」「うん、行くよ。」たまには金曜の夜のダンス

Honey Chil'

に行く代わりに、みんなで土曜のダンスに行こうということで話がまとまった。

*

　理由はよく分からなかったが、なぜか僕はのめり込めなかった。場所が変わったからだろうか。それとも、バンドや演奏のしかたのせいだろうか。確かに、ワルツを踊るには少しテンポがゆっくりすぎるし、ジルバを踊るにはちょっと速すぎた。顔見知りでもなく関心もない女の子たちと踊ってみても、やっぱり気分が乗らなかった。相手の女の子たちも、そんな僕の気持ちを感じ取って、やはり乗れないようだった。理由が何であれ、何かがしっくり来ない感じだった。でも僕は自分に言い聞かせた。そんなことどうでもいいじゃないか。彼女がここにいる、それだけで十分だと。彼女はホールの反対側の端に立っていて、仲間と笑ったり冗談を言い合ったりしているのが見えた。今日は今までよりもずっと大勢の仲間と一緒だった。女の子もいれば、男もいる。スポーツ刈りの一人を除いて、男は全員長い髪を撫で付けて後ろでV字形にしていた。服装も、丈の長いジャケットに細身のタイトなズボンという、その頃流行っていた50年代のファッションを見せびらかすように着ていた。

　僕は、あまり彼女の方を見過ぎないように努めていた。それでもやはり、彼女が仲間たちとやけに親密にしている様子に気づかずにはいられなかった。ついに僕は意を決して、ホールを横切って歩いていき、彼女をダンスに誘った。すると、彼女は仲間の方を振り返り、申し訳なさそうな笑顔を見せた。それから僕は、彼女をダンスフロアに連れ出した。二人で踊り始めると、さっき知らない女の子たちと踊った時と同じような気分になってきた。そしてやっぱり、彼女の方も気分が乗っていないことが分かった。なぜだろう。音楽は問題ないのに。バンドが休憩中だったから、ジュークボックスからはチャック・ベリーの声が大きく鮮明に響いていた。「ベートー

ベンをたまげさせ、チャイコフスキーに嬉しいニュースを伝えよう！」でも嬉しいニュースなんてなかった。彼女は全く上の空だったのだから。音楽に対しても、僕に対しても。まるで彼女の半分だけがダンスフロアにいて、あとの半分はどこか別の場所にいるようだった。その半分がどこにいるかは、割合すぐに分かった。彼女は、先ほどまで仲間と一緒に立っていたホールの隅の方を、時々ちらりと見ていた。彼女が見ようとしているのは、女の子たちではなかった。ほとんどみんな踊っていたからだ。彼女が見つけようと、あるいは見られまいとしているのは、あの男たちの方だった。

このことに気づいた時、僕はすっかり落ち込んでしまった。まるで腹部にパンチを食らって、息ができなくなったみたいだった。確かに僕たちは音楽に合わせて踊ってはいたが、それは見せかけに過ぎなかった。ただの抜け殻の虚飾だった。やがて音楽が終わると、僕は彼女の目をじっと見た。言葉が思いつかなかった。僕に何が言えただろう。僕は傷ついた心で、何も言えずにただ彼女を見つめていた。彼女も何も言わなかった。一瞬僕を見つめただけで、軽く会釈するようにしてさっときびすを返すと、仲間の所に走って戻っていった。僕はまるで１トンもある煉瓦を引き摺っているような気分で、さっきまで立っていた所に戻った。ホールの反対側にいる彼女の方に目をやると、男たちと笑いながら話している彼女の姿が見えた。途中で一瞬、彼女は両手を挙げて、「そんなことどうでもいい」と言う時のようなしぐさをした。たった今やったことが、取るに足らないことだというようなしぐさだった。誰かが言った言葉に反応して、彼女はまた笑った。

もうたくさんだった。僕はまだダンスが終わらないうちに、早々にホールを後にした。外は半分雪まじりの冷たい雨が激しく降っていて、地面に落ちた途端にベタベタの泥になっていった。その晩は、駐車場があるかどうか分からなかったので、車を家に置いてきたの

だった。靴も上着も下ろしたてだったけれど、そんなことは構わなかった。家までバスに乗るよりも、歩いて帰りたい気分だった。歩いている間、一つの思いが頭の中をぐるぐる回っていた。「ヴァニティー、ヴァニティー、ヴァニティー！」僕は頭を切り換えたかった。何か別のことを考えたかった。何か別のことを感じたかった。でも無駄だった。その言葉は、僕の心に焼き印のようにしっかりと焼き付けられた。それ以外のことは、全く頭になかった。

12　G夫人

　砂ぼこりがもうもうと立ち昇って、畑の向こうの地平線がかすんで見えた。と思ったら、まるでカブト虫みたいな小さな物体が、穴を掘るように丘を下って、彼女の小さな家の方に向かってきた。やがて物体の正体がはっきりしてきた。フォードの小型トラックだった。いったい誰だろう。ただの通りすがりの農夫だろうか。それにしてもこんな田舎で急いでいるなんて、赤ん坊が生まれそうか、誰かが怪我をしたか、突然の訃報を知らせにきたかくらいしか考えられないが。トラックはもうかなり近くまで来ていた。数分後には答えが分かるだろう。

　トラックは道路の真ん中を、直線を描くように真っ直ぐ走ってきた。まるでトラックそのものに意志があり、目指す場所、すべきことがはっきりしていて、目的を達成したらすぐに立ち去ろうとしているかのようだった。トラックの車体がよく見えてきた。運転席とグリーンの金属製のフェンダーが、午後の日の光を反射していた。（そうか、あの子の車だわ。間違いない）そう思った瞬間、彼女は胸に痛みを覚えるほどドキッとして、慌てて台所の中を見回した。何もかもきちんと片付いているだろうか。ほこりは落ちていないか。他人がいた形跡は残っていないだろうか。彼女はテーブルの上に積み上げてある古い新聞紙や2、3客のカップと受け皿をテーブルの片隅に寄せると、慌てて食器棚のある部屋から布巾とテーブルクロスを取ってきた。急いでテーブルの上を拭き、それからテーブルクロスを、どの面も均等に垂れ下がるように注意しながら敷いた。家

Honey Chil'

の脇の庭を見渡せる窓辺に目をやると、キンレンカの鉢植えから花びらが何枚か落ちていた。彼女はそれを手ですくい取って、エプロンのポケットに押し込んだ。そこで時間切れになった。トラックが家の前で停まり、ドアがバタンと閉まると、男の子たちと思われる笑い声が聞こえた。

　玄関で大きな音がしたと思ったら、網戸がほぼ同時に開いた。「母さん！　ちょっと寄ってみたんだ。こいつはジャッキー。覚えてる？　あのヒッコリー通りの。バークさんちの近所に住んでるやつだよ。」彼はそう言いながらさっと目を光らせて、一目で部屋の隅々までチェックした。「そこらをぶらぶらしてたんだけどさ、暇だったから様子を見に来ようと思ったのさ。」彼は冷蔵庫に近づいて行って、ドアに貼ってある小さなメモをじっくり読んだ。

　彼女の口元に、喜びと不安が入り交じったような笑みが浮かんだ。「マークったらびっくりするじゃない。急に、訪ねてくるなんて。」彼女は背を丸くすぼめながら言った。「電話もくれないし。連絡のとりようがなかったわ。」

　彼女は話しながらまたテーブルの方に歩いていくと、テーブルクロスのしわを手で直した。そのそそくさとした神経質な動作は、静かでゆったりとした田舎の空気にはどこか馴染まないものがあった。外を見ると、畑の真ん中に案山子が番人のように立っていて、畑のあちらこちらに積んである干し草を、誰かが盗んでいきはしないかと心配しているみたいに見えた。家の前の道路を挟んで向こう側には、深く暗い森があり、まるで誰にも教えたくない秘密を隠しているかのようだった。

*

　マークの母親が飲み物を用意してくれる間、僕らはテーブルの席に座っていた。マークは煙草に火をつけると、満足そうな様子で鼻から煙を吐いたり、時々煙の輪を作ったりした。煙の輪は空中を

漂って、やがて天井に上っていく途中で消えていった。僕は、だるまストーブに紙や木をくべているG夫人の方をちらっと見た。その動作や声からすると、年令は40代後半か50代前半くらいだろうか。僕が見当をつけていたよりも年上だった。

　何もかも合点の行かないことばかりだった。だから当然、世間には今でも様々なうわさや憶測が渦巻いていた。なぜ母親だけがこんな辺ぴな所に一人で暮らしていて、まだ20代前半のマークと妹が、アレン通りの大きな家に住んでいるのか。たった一人でどうやってやり繰りしているのだろう。誰か金を工面してくれる人があるのだろうか。いずれにしても、どうもつじつまが合わない。マークはその点については口を閉ざしていた。ただにっこりして一言、「家族の問題だから」と言うだけだった。でも、数年前に父親が亡くなったことが何か関係しているようだった。うわさによると、彼女には何の遺産も残されなかったらしい。その後間もなく、彼女は突然、誰にも何も言わずに引っ越してしまった。それはともかく、二つの家は全く比べ物にもならないのだ。この家はかび臭くて古臭く、まるで木造部分が少しずつほこりを吸い込んで、一緒に腐ろうとしているみたいだった。いつ何時、ネズミの一家がぞろぞろと台所の床を横切ったり、煙突から突然コウモリが舞い下りてきて、「おっと！　邪魔して悪いね、皆さん！」なんて言ったとしても、僕は全然驚かなかっただろう。

　ストーブの火が、パチパチと音を立て始めた。夫人はやかんの水を火にかけると、今度は食器棚を引っ掻き回してカップと受け皿を捜した。マークは席を立って窓際まで行き、外を眺め出した。「誰かが耕してたみたいだな」

　「そうなの、先週ケリーさんとこの息子たちが来てね。春にはトウモロコシを植えたいから、土をほぐしておかなくちゃいけないんですって。5日間もかかったのよ。たった20エーカーしかないのに。

きっと石だらけだったのね。あんなに一生懸命働く人を見たのは初めてだわ。」

「それで母さんの取り分は？」

「いい質問ね。今のところは何も。でも今週中に来て、金額を決めるって言ってたわ。ケリーさんは、納屋いっぱいのトウモロコシが収穫できたら、150ドル払うって言ってくれたけど。」

「ねえ、マーク」夫人はコーヒーを注ぎながら言った。「夕食はどう？ もう食べたの？」

「食べてきたよ。ここに来る前に。湖畔の『バトラーの店』に寄ってね。」

「あら、そうなの…」夫人はどこか寂しげに、消え入りそうな声で言った。

「実は、今晩泊まっていこうかと思ってるんだ。構わないだろ？ 突然押しかけて申し訳ないけど。」

夫人の顔がぱっと輝き、優しい微笑みが浮かんだ。「まあ、そうなの？ それはいいわ。2階の真ん中の部屋にある、大きなベッドを使ってちょうだい。ジャッキーには、小さい方の部屋を使ってもらいましょう。嬉しいわ。本当に久しぶりだもの、父さんが…」夫人は突然、食器棚のある部屋の方に目をそらした。まるで、込み上げるものを抑えようとしているみたいだった。

僕らはコーヒーとクッキーをご馳走になった。みんな口数が少なかった。すると急にマークが立ち上がった。「さあ、ジャッキー。家の周りを案内するよ。」

農場はあまり大きくなかった。そもそも「農場」と呼んでいいか疑問なくらいだった。小高い丘の表と裏に広がる程度の土地で、しかもG夫人の話だと石がゴロゴロしているらしい。僕らは家の横にある畑の端まで歩いていき、そこを右に折れて丘を下り、農場を縁取るように流れるかなり大きな川までたどり着いた。僕らはしばら

くそこに立ったまま、心地よい静けさを味わい、夕日がゆっくりと沈むのを眺めていた。川の水はずっと先の小さな池に注ぎ込んでいて、池のほとりには樫の巨木があり、水面に向かって枝を伸ばしていた。魚釣りには持って来いの場所だと思うと、見事なマスを釣り上げている光景が頭に浮かんだ。でもこんな平和な場所から、魚を奪い去るなんてかわいそうだという気がした。僕は腰をかがめて魚から釣り針を外してやり、水草の間にするっと逃がしている自分の姿を想像した。ここで僕は現実の世界に戻った。マークに母親のことをもっと聞きたかったのだが、詮索好きだと思われてはいやなのでやめておいた。

　家に戻ると、僕らは温めたりんご酒とクッキーをもう少しご馳走になった。台所の天井から小さな電灯がぶら下がっており、その光と灯油ランプの光に照らされて、異様に歪んだ僕らの影が壁に映ってゆらゆらした。蛾が数匹、室内の光に引き寄せられて窓ガラスに止まっていた。先ほどと同じく、会話は途切れがちだった。

　やがてマークが、はっきりと聞き取れるような大あくびをしながら、椅子から立ち上がった。「なんか諺にあったよな？　『早寝早起きは何とやら』ってさ。どうだい、ジャッキー？　そろそろ寝ないか？」

　「ああ、いいよ」と僕は言った。「少し休ませてもらえるとありがたいね。」

　G夫人は僕らを連れて狭い階段を上り、寝室に案内してくれた。

　「夜は冷えるからね。毛布を１枚ずつ追加しておいたわ。足りなかったら、まだタンスに入ってますからね。じゃあ、マーク、ジャッキー、お休みなさい！　ぐっすり眠るのよ！」

　「お休みなさい！」と僕らは言った。自分の部屋に入ると、僕は服を脱いで布団に入り、しばらく考え事をしていた。森の中から聞こえるクークーという心地よい鳥の鳴き声を耳にしながら、僕は深

い眠りに就いた。
　翌朝、何時だったかはっきり分からないが、僕が階段を下りて台所に入っていくと、ちょうど騒ぎの真っ最中だった。マークは流し台のそばに立っていて、母親もその近くにいた。彼女は髪をふり乱して、泣きわめき、ののしっていた。しかも大声で。
　「このろくでなし！　ろくでなし！　自分の家みたいに図々しく押しかけてきて！　誰に頼まれたの？　誰がかぎ回れって言ったの？」
　僕はショックのあまり、その場に釘付けになった。マークは、大きなボトルに入った深紅のワインを流しに捨てているところだった。その顔には悪魔のような残忍な笑みが浮かんでおり、口には煙草をくわえていた。そして時折、意地悪そうな目で母親をちらっと見た。
　「へえ、そうかい！　ろくでなしか？　この俺が？　ああ、そうかい！」
　ワインが流しに捨てられていくにしたがって、G夫人はますますヒステリックになり、大声で叫び、ののしった。「泥棒！　泥棒！　あんたの物じゃないでしょ！　誰があんたのだって言ったの？　誰が言ったのよ？」
　夫人は酔っていた。明らかに酔っ払っていた。ひょっとすると一晩中飲んでいて、朝マークに見つかったのかも知れない。事情はよく分からなかったが、そんなことはほとんどどうでも良かった。僕はただその場から逃げ出したかった。できるだけ早く。

*

　それから数年後、僕はG夫人に再会したが、その時の状況は全く違っていた。
　大学２年生を修了した後の夏休みで、僕はポコノスのA＆Pスーパーで働いていた。その店は、あの夫人が住む古い家から40キロくらいのところにあった。僕は入口の近くのレジで、袋詰めを担当し

ていた。

　ふと顔を上げると、隣のカウンターで順番待ちをしている夫人が偶然目に入った。化粧が濃いとは言え、なかなかきれいに見えた。夫人と同い年か少し年下くらいの男が一緒だった。僕は驚きのあまり、少しじっと見つめ過ぎてしまった。夫人は僕の視線に気づき、ちょっと照れくさそうに、でも親しみをこめて、一瞬にこっと微笑んでくれた。そのほんの一瞬に、「全て順調だ。」というメッセージが込められたような、そんな素敵な微笑みだった。僕にはそのメッセージが、とてもはっきりと感じられた。一緒にいた男が彼女の夫かどうかは分からないが、そんなことは問題ではなかった。何者であれ、まともなタイプの男に見えたからだ。

　僕は他の州の大学に通っていて、１年の大半は実家から離れていたので、マークがどこでどうしているかは知らなかった。話によると、結婚して引っ越してしまったらしい。それ以上のことを知る人は誰もいなかった。

　あれから長い年月が過ぎ去った今、あの時のことを振り返ってみると、まるで昨日のことのような気がする。人の記憶というものは不思議だ。思い出の中には、決して消し去ることのできないものがある。あれは辛い、あまりにも辛い記憶だった。だからこそ、ほんの数分のことではあったが、夫人と再会できた時は本当に嬉しかった。彼女は僕だと気づいていた。それは間違いない。そして彼女は僕に何か言いたかったのだ ─ 「大丈夫よ、何もかもうまく行くようになったから。」と。少なくとも、僕にはそう言っているように思えた。その通りであればいいのだが。心からそう願っている。

ジョン・シーランド（じょん しーらんど）

1938年　アメリカのペンシルベニア州に生まれる。
1968年　カトリックの司祭となる。
1976年　カリフォルニアの大学で博士号取得後、来日。
日本の文化、語学を学んだのち、南山大学で教鞭を執る。
南山大学退職後、愛知淑徳大学非常勤講師
南山大学名誉教授
フィリピンに学校を建設するボランティア団体「RASA」代表

Honey Chil' ハニー チャイル
2017年7月1日発行

著　者　　ジョン・シーランド
翻訳者　　村瀬葉子
　　　　　加藤暁子

発行所　　ブックウェイ
　　　　　〒670-0933　姫路市平野町62
　　　　　TEL.079 (222) 5372　FAX.079 (223) 3523
　　　　　http://bookway.jp

印刷所　　小野高速印刷株式会社
©John Seland 2017, Printed in Japan
ISBN978-4-86584-243-2

乱丁本・落丁本は送料小社負担でお取り換えいたします。

本書のコピー、スキャン、デジタル化等の無断複製は著作権法上での例外を除き禁じられています。本書を代行業者等の第三者に依頼してスキャンやデジタル化することは、たとえ個人や家庭内の利用でも一切認められておりません。